紅樓夢飲食譜

《增訂版》

秦一民 著

吃齋熬用紅棗
安心定神桂圓湯
姨媽家中糟鵝掌
姥姥初嘗鴿子蛋
藕粉糕有桂花糖
松子可潤腸
桂花糖蒸栗粉糕
紅樓宴菜單
杏仁燒茶甜且香
寶玉急喝鮮筍湯
西瓜解暑熱
寶玉剝栗子
燕窩滋陰富營養
柚子圓又香
紅棗健脾胃
養心安身
湘雲擇設螃蟹宴
鮮藕性質涼
賈璉乞檳榔
舅舅送來祝壽桃

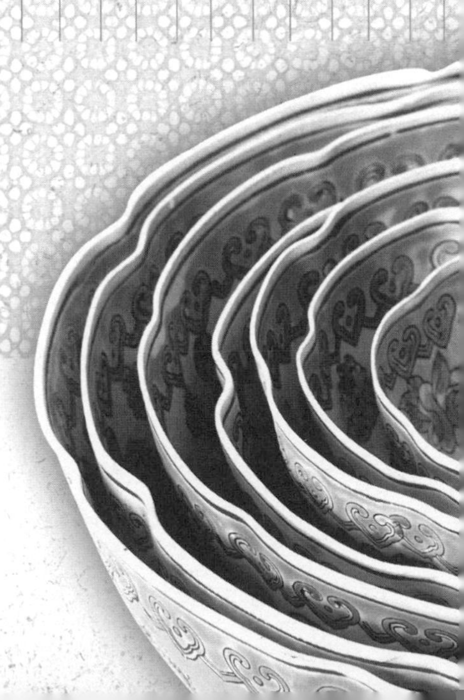

序

《漫畫世界》半月刊今年（一九八七年）第十五期刊出了一幅韓尚義所作的《上海的夏天》，畫面上是一位婦女在浴盆中洗澡，雙手卻伸出水面，捧著一本《紅樓夢》讀得出神，不禁掉下了幾滴淚珠。這幅漫畫針對當前社會上盛行的「紅樓熱」作了異常生動的形象化刻畫，很能引起大家的興趣。我認為如果在畫面上再添上一架電風扇在吹動降溫，或者在浴盆邊有幾瓢吃剩的西瓜，就更能點明炎夏的氣候。標題可以改為《一九八七年的夏天》，因為這次熱潮是從今年五月至七月由北京和香港一起播放《紅樓夢》電視連續劇開始的，所以不只是在上海，同時在全國各地以及海外也都掀起了紅樓熱。

在這次紅樓熱中，不但書店裏原來備貨充足的小說《紅樓夢》一銷而光，接著是一連串的連鎖反應，將學術、文藝、電影、戲曲、科技、工藝、園林、出版以及飲食等各方面關於《紅樓夢》的活動，全都帶動起來了。其中編寫《紅樓夢》少兒版和舉辦紅樓宴兩件事也許曾經有過反對的看法，尤其引起我的注意。

編寫少兒版《紅樓夢》的是兒童文學作家鄭淵潔，他所以要寫這本書的理由是：

「《紅樓夢》從某種意義上說，是一部真正的兒童文學作品。《紅樓夢》中的賈寶玉、林黛玉、薛寶釵等許多重要角色剛出場都只有十二三歲，還都是虛歲；等到真正有戲時，也不過十五歲左右。自從電視連續劇《紅樓夢》播放以後，許多小讀者想讀這部書，而家長們不免有顧慮，我便萌生了寫《紅樓夢》少兒版的念頭。我熟悉孩子們的特點和欣賞口味，我將從《紅樓夢》這部珍貴的文化遺產中擷取適合小讀者的內容進行改寫，讓少年讀者正式讀原著前，能通過我的書對《紅樓夢》有所了解。」

可是另一位作家一張認為「何必多此一舉」，他的理由是：「《紅樓夢》中許多主要角色都是十二三歲的少年，他們在那麼小的年紀就懂得那麼多的事情──吟詩作畫，勾心鬥角、爭風吃醋……其實這是曹雪芹故意將人物寫得年少而又很有才華。他是通過這群孩子來寫賈府的榮辱興衰，寫一部值得許多人去探索的歷史。因此現在的兒童就很難理解這部書所蘊藏的深刻社會內涵。如果改寫成少兒版，無疑會削弱原著思想的深刻性。」「沒有必要讓兒童一定看懂《紅樓夢》，不要過早促使兒童『早熟』……編少兒版《紅樓夢》將會助長、誘發這方面的不良傾向。」一張還表示，「很難想像《紅樓夢》改成少兒版將會是一種什麼樣子，結果必然是對一部文學名著的破壞……改寫《紅樓夢》是件吃力不討好的事。」

上述的引文是根據記者採訪的轉述，可能與本人的原意稍有出入，但兩人不同的態度十分顯明。一位決心要寫，另一位卻竭力反對，我相信他們兩位都是為少年兒童考慮，主觀上都出於一片好意，結果卻是兩種完全相反的意見。

我將兩方面的意見錄以備考，希望進一步打開視野，從多方面設想，把這個問題繼續討論下去。其實在三〇年代，開明書店作為中學生輔助讀物，就出版過茅盾敘訂的潔本《紅樓夢》，那是將全書一百二十回刪成五十章，文字也刪去了五分之四。現在鄭淵潔是全部改寫，據說只有二十萬字，年內可以出書。我看最好先不要抱著怕將原著破壞的顧慮，老實說，《紅樓夢》已有許多續集、外傳、改編以至目前的電視連續劇，同原著比較，都不是盡如人意的，難道因此都可以一筆抹煞嗎？到時候且看看鄭淵潔到底是怎麼寫的，讀者（特別是少兒讀者）的反映究竟如何，能有一個具體的物證，這個討論就更便於深入開展了。總之，《紅樓夢》與兒童文學的關係，無論從宏觀或微觀上來看，確實是一個值得探索和研究的新問題。

今年北京、揚州、上海等地都舉行過「紅樓宴」，可是最引起新聞界注意的是在上海的一次，《解放日報》、《文匯報》和《新民晚報》這三份上海的主要報紙均有專篇報導。這是什麼緣故呢？因為北京和揚州的「紅樓宴」，只是根據書中描寫的菜肴糕點加以烹飪配成一桌而已，比較本色。上海的「紅樓宴」，卻如《文匯報》在標題上指出的「別緻」二字，有它的新穎花樣。報導中是這樣寫的：

「第一道菜是冷盤，盤當中是一塊用果子凍做的晶瑩透明的『通靈寶玉』，雞、鴨、魚、肉、香菇等十二種冷菜圍成一團，喻為十二金釵正冊，外層放置著十二瓣橘子，喻為十二金釵副冊，色彩鮮豔，煞是好看。這道冷盤定名為十二金釵纏護賈寶玉。」「緊接著是八道熱炒：美妙玉品茶龍井蝦、王熙鳳高談茄子鯗、薛寶釵論酒食鴨信、敏探春油鹽枸杞、秦可卿山藥健脾胃、賢李紈敬老撕鵪鶉、史湘雲圍爐烤鹿肉，懦迎春牛乳蒸羊羔。點心有三道：林黛玉滋陰燕窩粥、巧姐兒風裏吃糕餅、小惜春素志饅頭庵。最後上來的鮮湯，取名賈皇妃元宵滿堂春。」它「是以金陵十二釵平時食用的菜肴和補品為主料，結合書中人物不同的身分、性格和故事情節，配以不同的基色、調味，選用炸、燴、炒、蒸、燉、烤等烹飪技術融合而成。」這一席「紅樓宴」由汪佩琴醫師（她寫過《紅樓醫話》）設計而成，在伯樂科苑餐廳開筵時，約了我和上海紅樓越劇團的著名表演藝術家徐玉蘭和王文娟等一起去嘗新品味。

那天徐、王二位對此很感興趣。王文娟說：「《紅樓夢》戲曲演得最多，還有電影，目前電視連續劇正在播放，現在又設計出這樣的『紅樓宴』讓大家品味，這有利於普及我國的這部文學名著。」徐玉蘭說：「這桌『紅樓宴』很有特色，但還可以搞得更精緻些。以後國內外友人到上海紅樓越劇團訪問，可以請他們來這裏品嘗。」我認為《紅樓夢》的人物、故事和吃的藝術結合起來，每道菜有一個典故，一段佳話，從品味中可以引起對小說的興趣和了解，也是一種美的享受。

然而有的同志提出這是在大嚼「金陵十二釵」，把林妹妹、寶姐姐等可愛的形象逐個投入美食家的口中，未免有些煞風景。而且每道菜一定要冠上十二金釵的名字，用意和曾經風行一時的「高子衫」（日本電視連續劇《姿三四郎》中女主角高子所穿的時髦衣衫）和「文強帽」（香港電視連續劇《上海灘》中男主角許文強所戴的惹人注目的帽子）相似，顯然含有推銷商品的目的。我認為這席海派紅樓宴在設計與命名上還存在一些缺點。比如用酸辣調味的茄子鯗來比喻王熙鳳，的確較為妥貼，而用炒蝦仁來比喻妙玉就不大合適，倒不如用一道精緻些的素菜更好些。不過這些不足與不妥是可以進一步修正來完善的。我們在品嘗每道菜的時候，有個名目能和人物故事聯繫起來，可以豐富想像，提高興趣，增進食欲，沒有什麼不好，而且也絕不會產生什麼不良的副作用，如果沒有這樣的名目反而顯得單調，缺少了點什麼似的。至於藉群眾熟悉的人名作商標以利推銷，這是符合市場的消費心理的，現在我們講改革開放，講經濟效益，對此更不可忽視。所以這席「紅樓宴」只要質地優良，美味可口，又不是毫無根據地亂加附會，那麼也算是一種創新，原是無可厚非，應該熱情支持的。

但我在這裏要介紹的這本《紅樓夢飲食譜》，卻是另外一種風格。第一，它重於考據，將每種菜肴和糕點都一一指明出自書中的哪一回，在什麼情況之下由何人食用，對食物的顏色、味道、形狀、禁忌以及專用的器皿，同風俗的關係，都有所交代。有些菜點還參照了《隨園食單》和《隨息居飲食譜》等幾種清代早中期的食譜經過校訂。第二，它重於實用，由於作者秦一民做過管理飲食方面的工作，積有豐富的烹飪經驗，而且他對這本飲食譜中提到的每種菜肴糕點，都親自動手製作嘗試過，所以對於如何配料及掌握生熟火候方面的不是紙上談兵，而是通過實踐得來的知識。書末附錄的幾式功能表，可以檢驗其實用價值並增添情趣，是我建議他加上去的。如果按照這份「秦記紅樓宴」的菜單製作開筵，與前面提到的「汪記紅樓宴」顯然不同，我卻一視同仁，都樂於品嘗，都表示歡迎。因為事物總是以千姿百態、爭妍鬥艷、八仙過海、各顯神通為貴，「紅樓宴」也並不例外。

這次強烈的紅樓熱推動了《紅樓夢》的大普及大推廣，繼而又將紅學研究推進到多角度多側面的姿態，對我們加深認識與理解這部內涵無比豐富的文學巨著頗為有利，這是非常可喜的景象。我這篇有感而發的序文是為這本《紅樓夢飲食譜》而作，但又不是完全為這本書而作。拉雜寫來，不當之處，在所難免，希望讀者們批評指正。

魏绍昌

一九八七年九月十七日上海

目錄

目錄

三、美味菜肴

目錄

目錄

名茶良飲

大觀園裏茶芬芳

中華民族素稱禮義之邦，客來敬茶是我國的傳統習慣，所以在《紅樓夢》的開宗明義第一回裏就出現了敬茶的情景；賈雨村剛入甄士隱的書房，便有小童獻茶。加之茶葉有提神醒腦、消食化積，清熱解毒、氣味高雅等諸般好處，大觀園裏的名茶自然是不可少的。主要有以下幾個品種：

一、六安茶

賈母陪劉姥姥逛大觀園時走到妙玉住地櫳翠庵，妙玉忙著獻茶。老太太道：「我不吃六安茶。」（四十一回）

安徽省六安縣及相鄰的幾個縣均產此茶，因古為六安府治，即以六安（讀「陸安」）命名，通常叫作六安瓜片，或者乾脆簡稱瓜片，是形容其形狀似瓜子片（指葵花子）。六安茶品質優良，也常作藥用，是我國的主要綠茶之一。

二、老君眉

賈母不吃六安茶的脾性妙玉是知道的，便笑著說：「知道。這是老君眉。」（四十一回）

老君眉產在湖南省洞庭湖中的洞庭山上。洞庭山又叫君山、湘山，四面環水，異竹叢生，氣候宜人，故所產的茶葉也與眾不同。其香氣高雅，滋味醇厚，歷來備受品茶者的珍愛。又因古代帝王的兩個妃子娥皇和女英葬於此地，君山自古就是人們憑弔和遊覽的勝地，李白、杜甫和劉禹錫都曾留下過著名詩句，而林黛玉那瀟湘妃子的雅號也與此山有關。由於山有名，茶亦有名，君山茶葉很早就成了向皇帝進獻的貢茶。清朝的江南名士袁枚在《隨園食單》中也稱讚過這種名茶。是朋友饋贈，他非常珍愛。可見當時的富貴人家以能飲到君山茶為樂事。

三、普洱茶

寶玉生日那天，賈府大宴賓客，寶玉又陪著客人吃了好幾次「壽麵」，林之孝家的怕他停住食，便向襲人等笑道：「該沏些個普洱茶吃。」（六十三回）

普洱茶因產於雲南省的普洱地區而得名（真正產地在西雙版納，普洱歷來為集散地）。

《本草綱目拾遺》中說：「普洱茶膏黑如漆，醒酒第一。綠色者更佳，消食化痰，清胃生津，功力尤大也。」清代的另一部著名小說《鏡花緣》也曾有用普洱茶消食化積的描寫（六十九回）。現在普洱茶更是受到國內外學者專家的高度重視。據某醫院的臨試驗證明：它的降脂效果與降脂藥物安妥明相似，且無副作用。法國的醫生經過試驗聲稱：肥胖病患者飲用中國的普洱茶後有百分之四十的人減輕了體重，於是在歐洲引起了一陣普洱茶熱。

四、女兒茶

聽到林之孝家的叫沏普洱茶吃，襲人、晴雯二人忙笑說：「沏了一吊子女兒茶，已經吃過兩碗了。」（六十三回）

女兒茶出在山東省泰安附近，明朝起就引起了人們的關注。《紫桃軒雜綴》云：泰山附近採青桐芽當飲料，號「女兒茶」。該茶能滌熱清火，亦能消食。這種茶的生產規模不大，市場上不易買到，現在泰安市藥材公司北面有兩家個體經營的茶葉店有時上櫃供應，但成色不一，也難辨真假。泰山茶樹因受凍害之苦少有存活，該茶來源於山東省南部之臨沂地區者居多。

據說福建省的武夷山茶區也有叫女兒茶的，尚待查證；還有說此茶是雲南省普洱茶的一個品種。

五、香茶

賈母見元春從宮中送出了「燈謎」叫眾小姐猜，也來了興致，便命速作一架小巧精緻的圍屏燈來，叫她姊妹們各自作詩，並預備下香茶細果以及各色玩物，為猜著之賀（二十二回）。

所謂「香茶」，就是用香花窨製過的花茶。最好的花茶要經過「五窨」，即用香花薰製五遍。茶經多次薰製，增加了濃烈的香味，更為適口。但也有的人不喜歡香味太重，覺得還是一般化的香茶才不失茶之本味。中國的香茶有十幾個品種，比較著名的為：茉莉花茶、珠蘭花茶、玳玳花茶和玉蘭花茶。玫瑰花的香味也很好，主要用來窨製紅茶。紅茶性溫，最宜冬飲。按照我國南北各地的飲茶習慣而言，茉莉花茶比較受人喜愛。

以上所說皆為散茶，用作少年人的「賀禮」似有不便，現再推薦兩種可充「茶果」的餅狀香茶。曹寅的好朋友、著名文人朱彝尊在《食憲鴻秘》中稱：細茶、孩兒茶、南薄荷各一兩，加豆蔻、沉香、白芷、龍腦等九種藥物共研為細末，再用甘草水熬膏，拌入茶末，捏製成一個一個的小餅，令乾。清朝飲食巨著《調鼎集》中記載著另一種做法：孩兒茶、芽茶各四錢，外加檀香、麝香、砂仁等六種藥物，與甘草膏和糯米粉糊，合製為餅。

根據「香茶餅」用料可以看出：它具有健胃消食、行氣開竅、發汗解毒、消熱醒腦、祛風散寒等功效，適合分給孩子們吃。

六、進上的新茶

王熙鳳下血不止，金鴛鴦順路去看她，小丫頭忙著進茶。賈璉見用的是普通茶葉和茶碗，便罵道：「怎麼不沏好茶來！快拿乾淨蓋碗，把昨兒進上的新茶沏一碗來。」（七十二回）

蓋碗是由底座、茶碗和碗蓋三件組合而成的整套茶碗，在舊社會是貴族階級及富貴人家使用的茶具，熙鳳、諸小姐及寶玉、黛玉房中都用這種蓋碗吃茶。所謂「進上的新茶」就是給皇帝、貴妃進貢的高級茶葉。按理地方官才有進貢的責任，而賈府的人都是京官，並不需要進貢。但由於有貴妃賈元春的關係，榮國府自然也經常送些家鄉土產進去。以此推論，這「進上的新茶」當是指江蘇省境內的名產，如常州的陽羨茶（實產宜興縣）、蘇州的碧螺春（產洞庭東山）等。陽羨茶自唐朝起就被列為「貢品」，而碧螺春曾經受到康熙皇帝的特別讚賞，都有進入宮廷的資格。

曹雪芹的祖父在朋友家裏吃到過優等陽羨茶，之後久久不能忘懷，曾寫過「君家陽羨猶堪說」的謝詞（見曹寅《楝亭詩鈔》卷一）。《隨園食單》對陽羨茶的評價是：「深碧色，形如雀舌，又如巨米，味較龍井略濃。」

七、龍井茶

有次寶玉到了黛玉屋裏，黛玉對紫鵑說：「把我的龍井茶給二爺沏一碗……」（八十二回）

龍井茶產於浙江省杭州市郊。茶區的面積很廣，其中以西湖西南獅子峰下龍井村附近的獅峰龍井品質最高，曾作為「貢品」向皇宮進獻。清朝的乾隆皇帝下江南時又親自視察過茶園，選中了十八棵茶樹封為「御茶樹」。龍井茶為綠茶，最宜夏季飲用。

八、暹羅茶

書中兩次說到「暹羅茶」（二十四回、二十五回），這是南鄰友邦泰國的茶葉。茶葉、大米、豬肉為泰國的傳統出口農產品，也是向外國獻禮的重要禮品。《紅樓夢》中還兩次出現「暹豬」（二十六回、五十三回），即此之故。

九、楓露茶

寶玉和他的奶娘都喜歡飲楓露茶（第八回）。晴雯死後，寶玉設祭，還特定獻上了一碗楓露之茗（七十八回），這說明晴雯生前也是喜愛楓露茶的。不過這楓露茶的確切產地我至今尚未查明。

有了好茶，還必須有好水。唐朝的茶經陸羽很注重飲用水的質量，這一遺風一直延續到了清朝。尤其在江南一帶，人們一向講究「洞庭碧螺惠泉水，西湖龍井虎跑泉」。《隨園食單》中也說過：「欲治好茶，先藏好水。」這裏所說的「好水」也是指泉水。但是過去交通十分不便，要想得到泉水非常困難，於是人們就用雨水或雪水代替，號曰「天泉」。出生於清朝嘉慶年間的江南名醫王士雄在《隨息居飲食譜》中說：「雨雪之水，皆名天泉。其質最清，其味最淡。杭人呼曰淡水，瀹茗最良。」他還認為杭州人因喜歡用天泉，「故人文秀美，甲於天下」。妙玉和惜春都愛飲雨雪之水，其道理也就在這裏（四十一回、一百一十一回）。王士雄生活的年代雖稍晚於曹雪芹，然而他的飲食理論卻是來源於曾祖父王學權，恰與明末清初的飲食風尚相合，因此可以作為探討《紅樓夢》食品、食風的重要依據之一。

寶玉也很喜歡天泉，但在書中沒有明說，只是在詩裏作了披露：「卻喜侍兒知試茗，掃將新雪及時烹。」（二十三回）寶玉用的是新近掃起來的雪水，比妙玉的那個五年前儲藏的梅花上的雪水差遠了。《隨園食單》云：「水新則味辣，陳則味甘。」這就是妙玉不惜工本地千里迢迢將蘇州水帶到京都裏來的原因所在。

這裏還需要說明一點：雨雪之水泡茶雖佳，但切不可用之煮粥——天泉煮粥粥不稠。更可惜的是，由於天氣污染，現在的「天泉」也不清潔了，要有選擇地取用才是。

安心定神桂圓湯

賈寶玉正在東府裏睡中覺，忽被惡夢驚醒，大叫了一聲，覺得迷迷惑惑，若有所失。眾人忙端上桂圓湯來，給他吃了兩口。寶玉定了神，遂起身整衣（第六回，「程乙本」中無此節）。又有一次寶玉病得死去活來，王夫人叫人端了桂圓湯叫他喝了幾口，漸漸地定了神（一百一十六回）。林黛玉病得不省人事時也由紫鵑灌了兩三匙桂圓湯和的梨汁，忽又覺得心裏似明似暗的（九十八回）。

書中三寫桂圓，並且立見效果，其作用是很明顯的。

桂圓又叫龍眼、圓眼、能補心益智，養心安神。大藥學家李時珍讚曰：「食品以荔枝為貴，而資益則龍眼為良」（《本草綱目》）。主要產地在閩、臺、兩廣及雲南、四川等省，而以福建省的「興化桂圓」被視為上品。「興化」指古代的興化府，即今日之莆田及相鄰的仙遊、福清等縣。由於桂圓有很好的補益之功，南方人一向珍愛之，常為冬令補品，同時又是名貴藥材。具體食用方法舉列如下：

取桂圓五、七枚，如係小粒桂圓可加至十枚，去外殼入鍋，燒湯一小碗，開鍋後稍煮片刻，沖入白糖，連桂圓肉一起吃下，味道甘甜。每天吃一次，能安心、定神、養血。——寶玉吃的那桂圓湯大約也是這樣做的。

桂圓七枚去殼，酸棗仁十克（中藥店有售），煎湯一小碗，臨睡前吃下，對神經衰弱引起的失眠有治療作用。

但桂圓稍有熱性，素來就「陽虛火旺」者（如口乾多飲，唇焦舌燥等），或正在發燒者暫時不吃為宜。否則會增加內熱，反受其害。黛玉的桂圓湯中和上「梨汁」，主要是為了對其熱性起平抑作用。

牛奶調和茯苓霜

大觀園裏的廚娘柳嫂子拿著芳官送給的玫瑰清露去看望患病的娘家侄兒，回來時她嫂子贈送了一包茯苓霜。笑道：「這是你哥哥昨兒在門上該班兒，誰知這五日一班，竟偏冷淡，一個外財沒發。只有昨兒有粵東的官兒來拜，送了上頭兩小簍茯苓霜，餘外給了門上人一簍作門禮，你哥哥分了這些。這地方千年松柏最多，所以單取了這茯苓的精液和了藥，不知怎麼弄出這怪俊的白霜兒來。說第一用人乳和著，每日早起吃一盅，最補人的；第二用牛奶子；萬不得，用滾白水也好。我們想著，正宜外甥女兒吃。」（六十回）——柳家有個十六歲的女兒也體弱多病。

茯苓是寄生在古松根部的一種菌類衍生物，外皮呈黑褐色；接近外皮的部分是淡紅色，叫赤茯苓；中間的部分是白色，叫白茯苓，是加工製造茯苓霜的主要原料；最中心的部分緊包著老松樹根，叫茯神。茯苓全身都可入藥，能養心安神，健脾除濕，利尿消腫，早在兩千多年以前就被視為滋補佳品，一直延續至今，仍是中醫方劑中的常用藥。相傳慈禧太后也經常食用茯苓，且其中果真和著人乳！

中國產茯苓的地區很廣，產量也高（大的每個可達五千克以上），故它在諸類補品中的價格並不算太貴，因此自古就有人用其製作酒、糕、粥、餅等保健食品出售。前幾年四川成都市的「同仁堂滋補藥店」又做出「茯苓包子」應市，受到國內外食客的讚賞。

茯苓在處方中的一般用量是十五克左右，若用茯苓霜長期沖牛奶服，每天十克也就行了。與牛奶一起煮沸，少開幾滾即可。久服能滋補強身，令「肌膚玉澤」。

不吃牛奶的人可改做茯苓粥：早上將一百克大米燒煮成粥，用小調羹挑入適量茯苓霜再煮幾滾，就能出鍋盛碗了。

若燒粥不便，用滾開的白水沖服亦可。

可惜這茯苓霜是廣東產品，別處少見有售。因此希望各地有條件的藥材部門也能研製出茯苓霜來，以應社會之需要。

這裏還有一點是需要進一步探討的：即茯苓的真正產地是雲南省，在處方中常寫成「雲茯苓」，或簡稱「雲苓」。曹雪芹對此是應該知道的。那麼他為什麼偏要寫廣東呢？我分析似有兩種可能：

1. 其祖父曹寅家的老丈人李士楨任過多年的「粵東巡撫」，而南京又是貫穿南北交通的要道，來拜的「粵東的官兒」會是常有的，所以送廣東土物的事是確有所指。

2. 或許廣東的茯苓霜確有獨特之處。

道士胡謅妒婦方

在第八十回裏，有一節文字講的是「王道士胡謅妒婦方」，敘述賈寶玉病後到西城門外的天齊廟去燒香「還願」，由當家的王道士陪他說話。這王道士熬的膏藥很靈，又很會開玩笑，別人就給他起了個渾號叫「王一貼」。寶玉問道：「我問你，可有貼女人的妒病方子沒有？」王一貼聽說，拍手笑道：「這可罷了，不但沒有方子，就是聽也沒有聽見過。」寶玉笑道：「這樣還算不得什麼。」王一貼又忙道：「貼妒的膏藥倒沒經過，倒有一種湯藥或者可醫，只是慢些兒，不能立竿見影的效驗。」寶玉道：「什麼湯藥，怎麼吃法？」王一貼道：「這叫作『療妒湯』：用極好的秋梨一個（即晚梨，早熟者叫伏梨），二錢冰糖，一錢陳皮，水三碗（同煮），梨熟為度。每日清早吃這麼一個梨，吃來吃去就好了。」他又解釋說：「這三味藥都是潤肺開胃不傷人的，甜絲絲的，又止咳嗽又好吃。吃過一百歲，人橫豎是要死的，死了還妒什麼？」說得寶玉、茗煙都大笑起來了。

王道士講的這個治療嫉妒的方子雖然只是個笑話，但也是有根據的，是符合我國的「食療」原則的，就是它能「潤肺開胃」，「又止咳嗽又好吃」。因為：

我國是梨的故鄉，遠在三千年前的周朝就開始了人工栽培，並在很早就知道它性寒味甘，有潤肺、消痰、止咳、降火、涼心等作用。明朝藥學家又在《本草綱目》中進一步指出它能「解瘡毒、酒毒」。河北省的中成藥「雪梨膏」及上海老城隍廟的「梨膏糖」皆以梨為主要原料，就是這個意思；那馮紫英的宴席上備有梨片，也是這個道理（二十八回）。

冰糖，是由白糖熬煉而成的再生物，味甘性平，能和胃潤肺，止咳化痰，補中益氣，可治療胃弱少食、肺燥咳嗽。

陳皮，就是曬乾的橘子皮，有健胃、理氣、化痰之功。

將這三味「藥」集中起來燒湯吃，自然會「又止咳嗽又好吃」了。雖然看上去像王道士「信口開河」地在胡謅，其實這些話都沒有離「譜」，這是民間常用的一個「經驗方」。冬春季節正是呼吸系統易於發病的時候，固有嗽疾的讀者不妨照著這個方子試試看，相信定會是利多弊少的。

至於那個「不傷人」之說，又不能一概而論。倘若是平素體質虛寒的人（指不能吃涼性食物的人），就不宜吃梨。因其性寒，食後會增加內寒，反而不利健康。外感風寒引起的咳嗽，也不應吃梨。不過這本是王道士講的一個笑話，我們不能要求他講得那麼準確和貼切。知道了吃梨的利弊，自己細心掌握就行了。

又，王道士說的那個「水三碗」，顯然是指茶碗，不應該是飯碗。

木樨玫瑰兩清露

由於賈寶玉的行為不規，又經賈環誣告陷害，觸怒了賈政，一氣之下把他打了個半死，躺在炕上不能動彈。花襲人到王夫人屋裏去稟報寶玉的傷情，王夫人叫帶回兩瓶香露去給寶玉吃。襲人看時；只見兩個玻璃小瓶，卻有三寸大小，上面螺絲銀蓋，鵝黃箋上寫著「木樨清露」，那一個寫著「玫瑰清露」（三十四回）。

這是用桂花（即木樨）和玫瑰花精製的兩種香露。除地方官吏要向皇帝進貢外，曹雪芹祖父曹寅在一六九七年夏天親自向康熙皇帝進獻過玫瑰露八罐（見《關於江寧織造曹家檔案史料》第九頁）。可見這是一種十分珍貴的高級飲料，難怪趙姨娘和柳嫂子都千方百計地要得到它了（六十回、六十一回）。

據《本草綱目》稱：「凡物之有質者皆可取露。露乃物質之精華，其法始於大西洋。傳入中國，大則用甑，小則用壺，皆可蒸取。」又說：「桂花蒸取，氣香味微苦，明目舒肝，止口臭」；「玫瑰花蒸取，氣香而味淡，能和血、平肝、養胃、寬胸、散鬱」。寶玉被打後氣惱血淤，吃玫瑰露是很合適的。

江蘇省原為我國花露的主要產區，蘇州尤盛，所以曹家對其非常熟悉。曹寅曾有詩云：

「一自亞西傳露法，漫山刮盡野薔薇。」（《楝亭詩鈔》卷七）薔薇花也是製造香露的好原料，自從製露的方法傳入中國後，連蘇南地區的野薔薇都被人們刮淨了，說明當時的香露生產十分興旺。其中，又以蘇州市虎丘山下的仰蘇樓和靜月軒的產品名氣最大。

不過這裏要說明一下，我國是「醫食同源」的國家，早在古代就已從動植物中取露製藥，兼食用健身。只是傳入西方的蒸餾法後提高了效率。

寶玉想飲酸梅湯

寶玉挨打後覺得口中乾渴，想飲酸梅湯。襲人考慮到酸梅有收斂的功效，不利於寶玉的傷勢，就沒讓他吃（三十四回）。

「酸梅湯」是用梅樹上結的果子燒煮的。梅子在未成熟前是青色，叫青梅。農曆的四五月間採集未成熟的青梅或將要成熟的黃梅，以百草煙薰，使變為烏褐色，稱作烏梅。如將青梅用鹽水夜浸日曬，十天左右外皮能起白霜，就謂之白梅。這三種梅皆有濃重的酸味，故叫做酸梅，能生津止渴，我國古代成語望梅止渴即因此而得；同時還能療痢止瀉，自然就成為做夏季飲料的理想之物了。做酸梅湯通常是選用烏梅。

梅子的主要產地在江南諸省，其中又以浙江的產品質量屬上乘，所以早在南宋時期，臨安（今杭州市）的市場上就有「鹵梅水」出售了（見《武林舊事》卷第六），這可能就是酸梅湯的先驅。北京人也早就對酸梅湯很有興趣，據清人富察敦崇著的《燕京歲時記》稱，「酸梅湯以酸梅合冰糖煮之，調以玫瑰、木樨、冰水，其涼振齒。以前門九龍齋及西單牌樓邱家者為京都第一」。可惜富氏漏掉了另外一家著名老店，它叫「信遠齋」，在和平門外的東琉璃廠，始創於清朝乾隆年間，距今已有兩百多年的歷史。而且前兩家店早已湮沒無聞，只有信遠齋在重操舊業，並擴大經營範圍。除這三家老店，還有為數眾多的肩挑小販沿街兜售。這說明賈寶玉要吃酸梅湯並不是偶然之舉。

酸梅湯原是民間的一種清涼飲料，梅、糖、水的比例也沒有固定的標準。又因梅的產地不同，質量各異，也很難規定個統一標準。食者根據自己的口味酌定就行了。

製作酸梅湯的基本程式是：先將烏梅入鍋，加水燒開，煮爛。後入桂花或玫瑰花少許，一沸即止（久煮會跑掉花香）。用潔淨紗布過濾湯汁，再加冰糖屑或白糖攪勻，候冷即可。如加冰水或入冰箱冷凍之就更好了。

現在在大城市裏一般都有配製好的「酸梅粉」、「酸梅晶」之類的飲料，只要買來即可隨意沖服，較之以前要簡便得多了。

粥糕點心

正月十五吃元宵

陽曆的正月十五是我國傳統的元宵節。過節時街上是人流如潮，熱鬧非凡，致使甄士隱丟失了愛女小英蓮（第一回）。至於「榮國府元宵開夜宴」時的歡樂場面，更把節日盛況活龍活現地呈現在讀者面前了（五十三回）。

這個節日的形成有多種原因和漫長的時間：

一、**民間需要**。我國的戲劇雜耍起源很早，由於平時農事活動繁忙，各種文化娛樂項目多在冬春季節才有較多演出機會。按照我國的傳統習慣，每到年終歲尾各行各業都要暫時停工，回家過個團圓年。既然是闔家團圓，就應該歡樂一場，熱鬧一番。但是在年初的幾天裏人們要互相拜年，又要探親訪友、迎賓送客，還要接財神、送家堂（把回家過年的祖宗亡靈送回去）等等。若把人、神、鬼這三方面的事情都辦完，是得著實地忙亂幾天的。大約到正月初十以後，各家才陸續有了空餘時間，但那外出謀生的人該動身啟程了，不外出的人也該著手準備當年的農事活動了，於是就在第一個月圓之日高樂一番，各種民間娛樂活動都出場表演。

過年時雖說各家各戶都要團圓，但有一件最大的憾事就是已經出嫁的女兒不能回娘家，只有到正月十五才可回去少住幾日，與親生父母兄弟共享天倫之樂。所以實際上是到元宵節才能達到真正的闔家團圓，自然需要有這些文娛活動助興。貴妃賈元春准予到上元之日歸省，襲人到正月十五才可回去吃年茶（十八、十九回），都是這種風俗的具體反映。

二、宗教影響。在西漢哀帝元壽元年（西元前二年），佛教通過西域傳入我國，初一和十五的香火最盛，各個寺院都要點起大海燈供人們燒香禮拜。到了東漢順帝年間（一二六～一四四年），我國有個叫張陵的人（後世稱張道陵）創立道教，該教把正月十五日定為上元節，每到這天晚上都要點起燈祭祀太乙神，儀式通宵達旦，非常隆重。這樣一來，民間的活動就與宗教儀式自然地結合在一起了。當然，從社會發展規律來看，任何宗教的興起都必須善於順應民間的需要，才能得以鞏固和發展。

三、官府提倡。漢朝的初期政局不穩，漢高祖劉邦駕崩後，發生過呂后作亂的事件，忠於漢室的武將周勃戡平了諸呂之亂，漢文帝（西元前一七九～一五六年在位）才得上臺執政。因為戡平諸呂是在正月十五日，文帝為了紀念這一重大勝利，每到這一天都要出宮遊玩，並與民同樂。到了漢明帝執政期間，他篤信佛教，大力推行佛法，於永平十年（六十七年）下令各地都要在元宵之夜點燈祭佛，這就是元宵節放燈由寺廟廣布民間的原因。

到了隋朝，煬帝很會玩樂，曾經兩次下令於大業二年和大業六年（六〇六年、六一〇年）調集近三萬名演員在正月十五日舉行文藝會演。臨時搭起的戲臺一片連一片，綿延八里之長。開演後鼓樂喧天，聲聞數十里。詩人薛道衡曾有詩云：「萬戶皆集會，百戲盡前來」，

「竟夕魚負燈，徹夜龍銜燭」，「抑揚百獸舞，盤跚五禽戲」，「青羊跑復跳，白馬迴旋騎」……隋煬帝看到這種曠古未有的「太平盛景」，也情不自禁，遂賦詩一首：

法輪天上轉，梵聲天上來。
燈樹千光照，花焰七枝開。
月影凝流水，春風含夜梅。
幡動黃金地，鐘發琉璃臺。

由於歷代皇帝如此提倡，「正月十五鬧元宵」的規模越來越大，氣氛越來越濃，至唐朝更有進一步的發展。相傳楊貴妃的大姐韓夫人命人做過一架百枝燈樹，高八十尺。又豎之高山，光明奪目，百里皆見。（見《開元天寶遺事》卷下）

以上都是北方的盛況，然而江南各地也毫不遜色。唐朝詩人白居易說杭州的元宵節是「燈火家家市，笙歌處處樓」（《全唐詩》四四三卷）。到了清朝，元宵節的規模和氣氛自然也不會降低。曹雪芹的祖父形容南京市的情形是：「玲瓏寶炬繞雕欄……滾滾魚龍夜未安。」（《楝亭詩別集》卷二）

綜上所述，可以看出兩個問題：

1.元宵節是由多種原因促成的。從時間上說是始於漢而盛於隋。到了唐朝，由於建立了南北統一的一統天下，又出現過一段政通人和、經濟繁榮的太平盛世，人們對文藝的需求又有增加，元宵節的活動更加普遍，這方面的文字記載也就逐漸多了起來。但是有些人就引用唐文唐詩來證明元宵節開始於唐朝，這顯然就不對了——它比歷史事實至少晚了六百年。

2.貴妃賈元春歸省時，大觀園裏用綾絹、通草和羽毛紮起了那麼多的彩燈，打扮出一個「玻璃世界，珠寶乾坤」（十八回），這不是作者任意誇張，而是與古代帝王的那個黃金地和琉璃臺一脈相承的，與其祖父所說的那個「玲瓏寶炬繞雕欄」也是相符合的。

元宵節既然是要徹夜不眠，當然不能餓著肚子玩，人們就用又香又甜的原料做出圓形食品充饑。這是為了求取吉利，即取月圓之形，寓團圓之意，並祝願今年的日子過得香甜。據說此俗在唐朝以前就有了，可是真正普及到全國卻是唐朝以後的事了。它的名稱各地不一，前後也有別。在北方現通常叫元宵，但在宋朝也叫焦鎚、鎚子、牢丸、浮圓；有南方則有湯元、湯圓、圓子、團子、元宵等稱呼。廣東省的方言中保存的古代詞語比較多，他們那裏喜歡吃「煎堆」，此即宋朝以前人們所說的「焦鎚」者也，只是體積大一些而已。《清稗類鈔》云：湯圓一稱湯團，北人謂之元宵，上元必食也。元宵以糯米磨粉，滑圓入水煮之，餡有香辣甜酸鹹五味，甜者餡有豆沙、芝麻、棗泥、花生、杏仁等等；鹹者餡有酸菜、肉丁、蝦仁、豆乾、韭菜等等。傳播這樣久和這麼廣的食品在「榮國府元宵開夜宴」時自然是不能少的，於是上過熱湯以後接著又獻了元宵，連那一班小戲子們也有幸得到賈母的「恩典」（五十四回）。

元宵的種類雖然很多，但具體的做法卻又大同小異，即：

通常是用豬油、白糖、桂花、玫瑰、豆沙、棗泥、芝麻等等做成圓球形的餡芯，外面灑水並滾黏上糯米粉。

也有的先用溫水把糯米粉或者黃黏米粉和成麵團，捏製成圓形皮子，內填上餡芯後收口。

還有一種實心元宵，內部不包任何東西，只把和好的麵團搓成一個個的小丸子就行了。待吃時碗中放入白糖、橘子片或水果蜜餞之類的配料調味。

將生元宵製熟的方式也不一：最早多是開油鍋炸，而現在人們則習慣於開水鍋中煮，還有的是用籠蒸。

杏仁燒茶甜且香

在元宵節的晚上，賈母帶著一家老小賞燈玩樂，王熙鳳特地為大家準備了幾樣夜點心。但老太太卻都不願吃，最後選中了杏仁茶（五十四回）。可惜程乙本中將它刪掉了，故建國之後至一九八二年間以程乙本為底本的書中無杏仁茶一事。

杏仁有潤肺、止咳、通便等功效，而且有一種特殊的芳香氣味，所以早在一千四百年前成書的《齊民要術》中就有做「杏酪粥」的記載。到了清朝，這類食品就更多了。如《食憲鴻秘》稱：「京師甜杏仁，用熱水泡，加爐灰一撮入水（指草木灰，有鹼性，易去皮），候冷，即捏去皮，用清水漂淨。再量入清水，如磨豆腐法帶水磨碎，用絹袋榨汁去渣。以汁入鍋煮熟，加白糖霜（即今稱之白糖），熱啖，或量加牛乳亦可。」又據《醒園錄》中記載：「先將杏仁泡水，與上白米對配磨漿，墜水加糖燉熟，作茶吃之，甚為潤肺。」

我們今天吃的杏仁茶的做法與上述兩例無什麼差別，只是南北各地用料不同——南方人較為講究質量。具體說來大體為：

備大米二百五十克，甜杏仁一百克，白糖七十五克。先將杏仁用熟水浸泡，捏去皮，再去尖，切碎，與洗淨的大米混合在一起，加入二千五百克清水，帶水磨成稀漿，用細籮或雙層紗布過濾去渣。

鍋中再放入清水二千五百克，加白糖燒沸，徐徐倒入米漿。邊倒邊攪，開鍋即好。若在開鍋前注入半磅鮮牛奶，會有奶油香味，就更可口了。

但這種做法實在太煩瑣，一般家庭難以為之。現在北京有一種簡便的方法：先用大米粉燒成稀湯，再酌加白糖、桂花及少量杏仁精，攪勻，開鍋即好。但將杏仁提煉成精，不知其本味是否會受影響？

上海的一家食品廠為了適應人們吃杏仁茶的需要，從前幾年起生產了一種叫杏仁霜的方便飲料，買回家就可立即沖服。每袋二百五十克，各大食品店都有出售。只是那杏仁味似乎淡薄了些。

杏仁有甜、苦之分。做杏仁茶要選用甜杏仁，苦杏仁只供藥用。但也有例外，有人覺得甜中帶苦會另有一番滋味。如《清稗類鈔》中說：「……杏仁茶，所用為甜杏仁，然必摻入苦仁數枚，以發其香。」該書中還說做杏仁茶是「加入冰糖」。冰糖亦能潤肺，與杏仁之功更相合了。

赫赫賈府常食粥

由於《紅樓夢》中的主要人物多出生在金陵（今南京），黛玉、妙玉和邢夫人又祖籍蘇州，連男女僕人也多是從南方帶入京都的，所以他們雖然身居北方，卻仍然基本上保持著南方人的生活習俗，吃的糧食還是以大米為主。可是通觀全書，餐桌上的乾飯寥寥無幾，而「粥」倒是屢屢出現。

粥又叫作稀飯，本是吃早點時的一種輔助食品，只有一些生活艱難的人家才天天以食粥為主。作者曹雪芹後來家境貧寒，就常常是「舉家食粥」。

窮苦人家吃粥不足為奇，但那個「白玉為堂金作馬」的赫赫賈府卻也經常以粥度日，豈不是怪事？

仔細想來，這一點也不奇怪。反覆寫粥恰恰說明了作者對社會生活的觀察研究極為細緻深刻。我認為這有多種原因：

一、像賈府那樣的鐘鳴鼎食之家，每天酒菜豐盛，點心不斷，還有誰有興趣一碗一碗地吃乾飯呢？但是人們又不能光靠酒菜填肚子，還得多少吃點飯才能有飽腹感，於是稀飯就成了最合時宜的食品。藉用賈寶玉的話來說，這叫作「飯飽弄粥」（七十七回），與缺糧吃粥的性質是完全不同的。

二、我國的文學作品中往往以飯量之大作為勇敢、有力量的象徵。假如武松不能吃幾碗飯喝幾碗酒，讀者是不會相信他能打死老虎的。然而賈府的人卻不同，他們從來不參加體力勞動，外出時又多是乘車、騎馬或坐船、坐轎，連只相距「一箭之地」的寧榮兩府之間也是車馬往來。由於長期四肢不動，飯量自然很小。倘若讓林黛玉每頓都吃一大碗乾飯，讀者一定會感到不可思議，只有讓她常吃稀飯，才能覺得符合實際。

三、我國封建時代的貴族階級在安排日常飲食時是很講究養生之道的，粥中就包含著養生學。它的最大特點是能與胃氣相適應。寶釵說過「食穀者生」（四十五回），這話是確有道理的。宋朝有個叫張來的文人認為：如在空腹胃虛的時候食粥一大碗，穀氣便作，所補不細，粥又極柔膩，與腸胃相傳，最為飲食之良。明朝的大藥學家李時珍很讚賞他的觀點，就把這段話收載入《本草綱目》中去了。宋朝的另一位文人陸游對粥的作用更是讚不絕口，還賦詩曰：「世人個個學長年，不悟長年在目前，我得宛丘平易法，只將食粥致神仙。」「宛丘」即張來，晚年著有《宛丘集》等書。曹雪芹之祖父曹寅對粥的好處也深有體會，在他的詩集《楝亭集》中多次出現過一個「饘」字，「饘」字就是比較稠厚的大米稀飯。由此看來書中反覆寫粥原來是祖上遺風也。

四、我國的粥也和其他食品一樣，名目紛繁，花色很多。早在宋朝（九六〇～一二七九年），官方編輯的《太平聖惠方》中就收載了一百二十九個粥方。到了清朝人寫的《粥譜》

中竟發展到二百多個。有這麼多花色品種可以天天倒換，人們會百吃不厭的，比吃那個千篇一律的乾飯要好得多。這就無怪乎賈府的人都愛吃粥了。

碧色粳米是皇糧

薛姨媽攜兒帶女來到京都，因舊有房屋未來得及收回，暫時住在賈府的梨香院中。寶玉自是喜之不盡。適逢表姐薛寶釵近日身體欠佳，便去探望。姨媽留飯，酒菜豐盛，寶玉吃了半碗碧粳粥（第八回）。

有一次大觀園裏的廚娘柳嫂子派人給寶玉的丫環花芳官送了飯來，其中有一大碗蒸的熱騰騰碧瑩瑩的綠畦香稻粳米飯（六十二回）。

這兩次說到的碧粳是一種優質大米，主要產地在河北省，山東等地也有引種。據《食味雜詠》介紹，其特點「粒細長，帶微綠色，炊時有香」。故在舊時專供皇帝、貴妃等宮廷貴族食用。薛、賈兩家也都是貴族階級，有吃碧粳的權利。

鴨子肉粥道理深

元宵節那天，史太君帶著內眷們在大觀園裏飲酒、看戲、放炮仗、觀煙火，熱鬧非凡，至深夜不散。賈母說道：「夜長，覺得有些餓了。」王熙鳳忙回說：「有預備的鴨子肉粥。」（五十四回）

按照傳統觀念，人們都知道雞比鴨的味道好，價錢也高，而江南又一向有吃「雞粥」的習慣，榮國府為何卻要給老太君預備那個不值錢的「鴨子肉粥」呢？這裏另有一番道理：

一、它反映著時代風尚。袁枚在《隨園食單》中寫道「近有為鴨粥者，人以葷腥；為八寶粥者，人以果品。俱失粥之正味。」袁枚是講究「食本味」的，所以他反對粥中混入鴨肉或果品。但從他這個反對意見中恰恰說明了當時喜歡吃鴨粥的人是不少的。

二、按照我國的飲食理論及賈府的飲食規則，也是不能一味地吃雞的。因為雞和鴨的「氣味性能」不同，誰人應吃雞，何人宜吃鴨，都要因人因時而異。雞肉性溫，能溫中、益氣、補虛，對病人、產婦及體衰者多有補益。但是由於其性溫，熱量比鴨高，若多吃常吃，對某些人也會發生不良影響，導致熱盛傷陰。陰虛則內熱，是誘發多種疾病的一個重要因素。而鴨卻不同，《隨息居飲食譜》說：「鴨，甘涼，滋五臟之陰，清虛勞之熱，補血，行水，養胃，生津。」《本草綱目》中也說：「鴨，水禽也。治水利小便，宜用青頭雄鴨；治虛勞熱毒，宜用烏骨白鴨。」由此可見，老年人晚間吃鴨子肉粥不會患津枯液乾、唇焦舌燥之症；反之，若飽餐一頓高熱量的晚飯，到後半夜很可能會感到口渴欲飲。這說明體液已經不足，如同植物之缺乏水分，此即謂之「熱盛傷陰」。賈母已是年近八十歲的老人，津液本來就已逐漸減少，要多吃低熱清淡的飲食才能防止體內出現火旺水少的局面。尤其是晚餐，應注意滋陰（即補充津液），更不宜多吃熱量高的食品。

其實這不單單是賈府的飲食原則，凡是講究「養生之道」的達官貴人及名門望族也都是這樣做的。如唐朝詩人王維就曾經寫過這樣的句子：「飽食不須愁內熱，大官還有蔗漿寒。」大官指主管宮廷飲食的大官令，也叫大官丞。蔗漿即甘蔗汁，能清熱潤燥。這說明唐朝的貴族階級的飲食是非常豐富的，當他們吃過那些高熱量的食物之後，要用陰涼性的蔗漿去調節體溫，以避內熱之患。王維任過丞相，非常熟悉宮廷貴族的生活方式，他說的話是有根據的。再如我國的高級宴席中常有用燕窩、銀耳做的菜品，這並不是為了追求味美（它們本身的味道實在不美，需要用好湯或冰糖去提味），而是為了取其滋陰之功。現在西方國家有些人也認識到常吃高熱量的食品是引起多種疾病的重要原因，有越來越多的人正在提倡吃低熱量的飲食。

那麼是不是說食物的熱量越低越好，應該一直低下去呢？不是的，不能從一個極端走向另一個極端。假若光吃低熱量的飲食，就會攝入的熱量不足，而熱量不足又會降低人體的氣化功能，出現缺氣少力、消化不良以及手足不溫等等症候。如果把人體比作一部蒸汽機的話，這部蒸汽機中的水與火的比例必須大體相當才能產生氣體，並用這些氣體推動各個部件正常運轉。所以我國傳統的飲食理論是：高熱量食物與低熱量食物要合理調劑，適時更替，而不是單強調一個方面。賈母的飲食基本上是低熱清淡的，但她有時也吃羊羔、鹿肉、野雞、鵪鶉等溫熱性的食品，其道理也就在這裏。本文雖歷述了鴨的好處，卻絲毫沒有否定雞的意思。吃雞也是很有益處的，關鍵是要有節制，勿過量，不偏食。另外，飲食的調節還要注意到季節的變化。這在《紅樓夢》裏處處都有體現，將在以後的文意中逐一探討，此處就不多說了。下面介紹鴨子肉粥的幾種做法：

1.取適量鴨塊洗淨，用少量食鹽、黃酒拌勻，醃兩小時。酒能解腥去臊，無黃酒時灑上一點白酒也行。將鴨肉投入開水鍋中煮幾滾，撇去浮沫，轉小火慢煮一小時，放進淘洗乾淨的大米或糯米同煮，以米爛為度。

2.如果講究一些，應待鴨塊煮一小時後撈出剔骨，過濾湯汁，用鴨肉和鴨湯再與大米同鍋燒煮成粥。

3.最上等的做法是鴨汁粥。需多備些鴨肉，煮兩小時，濾取湯汁，僅用鴨汁配大米煮粥。煮過的鴨肉已失去鮮味，只剩下粗糙的蛋白質，可配合別的餐料另行處置。

燕窩滋陰富營養

《紅樓夢》中說到「燕窩」的地方近十次之多。例如：黛玉生病時，寶釵立即送去了一大包上等燕窩（四十五回）；王熙鳳在病中只用燕窩粥進行調養（五十五回）；秦氏可卿生病時，婆婆尤氏看看她吃了半盞燕窩湯（十回）。

為什麼如此重視燕窩？寶釵對黛玉做過明確的解釋：「每日早起，拿上等燕窩一兩，冰糖五錢，用銀吊子熬出粥來，若吃慣了，比藥還強，最是滋陰補氣的。」（四十五回）

燕窩是金絲燕用其富含膠質的唾液修築的居住之窩，主要產地在我國東南沿海及日本和東南亞諸國。功能是滋陰潤肺、清熱止咳，我國把它視為高級營養補品和名貴藥材。因數量稀少，又很難採集，故價格昂貴。

冰糖是用白糖熬煉而成的複製糖，亦有潤肺、止咳、化痰之功，與燕窩搭配最為相宜。林黛玉肺虛久咳，所以寶釵叫她吃冰糖燕窩粥。

做法：

取乾燕窩五～十克（書上說黛玉日食一兩燕窩，是為了說明賈府飲食闊綽，不足為憑），放溫水中浸泡，待泡透發軟後用尖頭鑷子摘去夾雜其中的絨毛污物，輕輕地漂洗乾淨，放在開水碗裏，使之繼續脹發。這裏順便說明一下，飯店裏做燕窩菜肴時要用威力大的熱鹼水浸泡，並用開水多次沖洗鹼味。這樣處理過的燕窩樣子好看，適合商業上的需要，但卻失去了不少有效成分，所以自食者不應採用。

視飯量大小取出上等大米若干，淘洗入鍋，加適量清水燒開，轉小火慢熬一小時，放進冰糖攪拌，再把發好的燕窩輕輕地放進鍋裏，同煮幾滾就行了。

王熙鳳不咳嗽，吃粥時又配有兩碟精緻小菜，說明她吃的是鹹味燕窩粥。王熙鳳是榮國府的管家婆，吃穿用度都很講究，在做法上應更取上乘，我設想似應這樣做：

燕窩脹發方法及其用量比照上例。將淘淨的優質大米入鍋，注入高湯（即用上等餐料如母雞、火腿、干貝及豬肉蹄膀等熬取的湯料。若無，單用雞湯也可），燒開，轉小火慢慢地熬。待稀飯燒好後放進發好的燕窩，進加少許細鹽和胡椒粉，以祛腥增味。少煮幾滾即出鍋盛碗，面上撒熟火腿末，再配兩碟精緻小菜同時上桌。

賈母喜歡紅稻米

已近年終歲尾，主管賈府地畝的莊頭烏進孝趕著幾輛大馬車來交年租年禮，其中有御田胭脂米二石（五十三回）。

有一次王夫人和尤氏正在給賈母擺飯，老太太說：「有稀飯吃些罷了。」尤氏早捧過一碗米，說是紅稻米粥（七十五回）。

這裏所說的「胭脂米」和「紅稻米」，本屬一物，就是產量很少的一種優質紅糯米，以前專供皇宮及上層貴族食用。此米在北方和南方都有出產，但書中所說當是指江南產品。因為在清朝康熙年間，專為皇室承辦生活用品的蘇州織造李煦曾受命在蘇州附近試種紅稻，到一七二四年李氏被抄家為止，查明他共收穫早熟紅稻三千石，私自用去一千九百九十三石二斗，雍正皇帝責成內務府予以折價追賠（見《關於江寧織造曹家檔案史料》二〇九頁）。既有追賠之事，顯然是一般臣民不得擅自動用的御米了。

曹雪芹的曾祖、祖父及父親先後任過蘇州織造和江寧織造，康熙皇帝六次南巡，他家就承辦過四次接駕大典，而負責試種紅稻米的李煦又是曹雪芹的舅老爺，曹家肯定了解這種米的優越性，於是就在其著作中作了反映。

紅稻米含有鐵質，顏色紫紅，營養豐富，能滋補氣血。當地農民按其相貌和特性俗稱血糯米，也有的叫紅稻穀。

可惜這種稻穀的植株較高，不抗風，易倒伏，產量低，到建國初期只有少數農戶還在零星種植。以後雖有一些發展，但仍因受到產量的限制而不能大面積推廣。唐朝詩人鄭遨曾經感歎：「一粒紅稻飯，幾滴牛頷血！」（見《傷農》一詩）既說明了種紅稻要付出很大的辛苦，又為這種米只供少數權貴享用抱不平。不過現在時代不同了，一般平民百姓都能吃到它，在蘇州郊區及其鄰近的常熟地區均可隨意購買。

這種米的吃法與白糯米相仿，主要用做粥、糕、點心之類的小食品，需用豬油、桂花、白糖等進行調味。如果是用來做粥，五百克米配五十克建蓮子同鍋燒煮就行了。煮好後拌入二百克白糖盛碗，每碗撒上點糖桂花即可上桌。

不過它雖叫糯米，卻仍屬秈型，黏性較差，所以最好與白糯米參半食用，以收相得益彰之效。

襲人患病吃米湯

襲人受了風寒正在服藥，又被寶玉的奶娘李嬤嬤惡語中傷，大罵了一頓，病得更厲害了。寶玉對自己的「媽媽」也不敢怎麼樣，只好忍耐著服侍襲人吃了二和藥（第二次熬的中藥渣），令其安安靜靜地躺了一夜，至次日清晨起來，覺得輕省了些，只吃些米湯靜養，寶玉才放了心（二十回）。

襲人是受到老太太，王夫人及賈寶玉特別寵愛的一等大丫環，在病房中為何只讓吃米湯呢?其實這不是對她的冷落和虐待，而是南方人的一種很好的調養方式，連寶玉、熙鳳生病時也是吃米湯的。如有次他二人病得奄奄一息，幸虧僧道搭救，才漸漸醒過來了，說腹中饑餓，賈母、王夫人等如得了珍寶一般，旋熬了米湯來與他兩人吃了，精神漸長，全家人喜之不盡，林黛玉不由自主地念了一聲「阿彌陀佛」，招來了寶釵的一陣奚落（二十五回）。

米湯又叫米油，是用上等大米熬稀飯或者做乾飯時凝聚在鍋面上的一層粥油。其性味甘平，能滋陰長力，有很好的補養作用。清朝名醫王士雄說：「貧人患虛症，以濃米湯代參湯，每收奇蹟。」（見《隨息居飲食譜》穀食類第二）。這就是說，在舊社會裏貧苦的老百姓吃不起人參，江南人是用米湯當參湯的，而且是「每收奇蹟」。米湯何以有這樣大的功效?

《本草綱目拾遺》中作過解釋：「米油，力能實毛竅，最肥人。」「黑瘦者食之，百日即肥白，以其滋陰之功勝於熟地也。」——熟地即地黃的再製品，是中醫常用的補血藥。但必須是大鍋飯中熬出的米湯，並要達到黏稠的程度才有效，米少或者太稀都是不行的。

賈府是吃得起人參的，為何不讓寶玉吃人參湯？人參力量太猛，青年人、少年人及體質過衰之病人都是不可盲目服用的。

黛玉熬粥用江米

紫鵑對黛玉道：「還熬了一點江米粥。」黛玉點點頭兒，說道：「那粥該你們兩個自己熬了，不用他們廚房裏熬才是。」（八十七回）

江米就是糯米，其原產地在長江流域及以南的地區，北方人便習慣稱之為江米。紫鵑的全家都在北方，她就隨著北方的習俗呼作「江米」了。給黛玉熬粥用江米具有兩方面的意思：

一、江米本係南方土產，也可說是一種「家鄉風味」了。

二、江米性溫味甘，能暖胃、健脾、止汗，有些地方也把它視為營養食品，常供產婦燒粥吃。黛玉胃寒（吃了一點點螃蟹就心口裏疼，乃胃寒之徵），又易出虛汗，給她吃江米粥是最合適的了。

熙鳳要放奶子糖

秦可卿死了以後，賈珍懇請王熙鳳去協助料理喪事，王熙鳳每天都要早起，忙忙地吃過奶子糖粳米粥便到寧國府去（十四回，程乙本改為吃了幾口奶子，這個改動實在不妥）。

書中多次寫到一個粳字，是證明賈府的主子及那些有頭臉的上等奴僕，都吃粳米而不吃秈米。

粳米多屬晚稻，生長期要一百多天，光照時間長，獲得的養分足，顆粒飽滿，營養豐富，飯白味香，是大米中的上品。四十二回裏出現的御田粳米就是這種米。

與粳米相對的是秈米，多屬早稻，播種時氣候尚冷，受天時制約，米粒比較瘦小，相貌粗糙，質次價廉，南方人俗稱為小米、糙米。但由於其生長期只需要兩個多月，可以縮短土地的周轉期，擴大了復種指數，且出飯率也高，所以有些農民還是願意種它的。莊頭烏進孝來交年租年禮時內有「下用常米一千石」（五十三回）就是指這種米。一千石秈米足足夠數百個男子漢一年的口糧，這就是說那班幹粗活的婆子、小廝等等都只能吃秈米，是無資格享用粳米的。

「奶子」是滿族人對乳品的總稱，有牛奶子、羊奶子、馬奶子之分。書中的奶子是指牛奶子。

牛奶粥是個古方，早在《本草綱目》中就有記載，能補虛損、潤五臟、養血分，適用於氣血虧損之人。在本書之初就安排王熙鳳吃此粥，向讀者揭示了她的不足之症，為以後的小月、下紅、血山崩埋下了伏線。

此粥做法：

用粳米一百克，先燒成比較稠厚的稀飯，再注入鮮牛奶半磅，攪勻，同煮片刻，使奶粥交融，即可出鍋盛碗，撒上白糖或紅糖調服。白糖能清熱降火，紅糖則重於補血。

按照我國的傳統習慣，胃酸多的人不宜吃牛奶粥。

臘八煮粥祭佛祖

在《紅樓夢》第十九回裏，寶玉向黛玉講了個關於臘八粥的故事，講得頭頭是道。這臘八粥起源於佛教，相傳佛教的創始人釋迦牟尼在臘月初八得道成仙，升到天上去了，後人就把這一天定為「成道日」。又因為他有成仙之前吃的最後一頓飯，是在荒郊遇到一位善良的牧女用雜糧野果做的乳糜狀的食物，釋迦牟尼的弟子為了紀念他，便在臘月八日的早晨仿製粥樣的食物設祭，祭禮結束即作為僧侶們的早餐。由於這種粥非常好吃，隨著佛教在我國的廣為傳播，臘八粥也就傳遍了各地，連不信教的人在這天也紛紛仿製，並作為節日禮品互相饋贈。年歲漸久便相沿成習，連皇宮也受到這種風俗的影響。據元朝的《燕京遊覽志》一書中稱：「十二月八日，賜百官粥，以米果雜成之，品多者為勝。此蓋循宋時故事。」這說明御賜臣僚臘八粥的事至少從宋朝就有了。到了清朝，這種風氣就更盛了。

據有關資料記載，清朝宮廷做臘八粥的儀式非常隆重：有特派大臣親臨現場監督，由雍和宮的和尚直接掌鍋，其鍋之大能容數石米。粥做好後要先祭神，後分發，不過只有幸臣貴妃等少數人才能享受這一殊榮，一般的臣僚還是要自行起鍋燒煮的。

賈寶玉的家裏屬貴族階級，王夫人又是吃齋念佛的人，每到這一天自然是少不了也要吃臘八粥的，所以他對臘八粥很熟悉。

做臘八粥的用料前後不一，各地也不同，主要是根據料源決定。最初的臘八粥叫七寶粥、五味粥或七寶五味粥，看來至少得湊足七種原料才夠標準，多者更好。寶玉給黛玉講故事時說廟裏有米、豆，還有紅棗、栗子、花生、菱角、香芋（即芋艿，南方佳蔬），加起來正好夠七寶；而那五種果蔬又能產生五種不同的味道，可見寶玉的話是完全符合七寶五味的社會風尚。但到後來又有了大發展。據清朝後期成書的《燕京歲時記》中說：「臘八粥者，用黃米、白米、江米、小米、菱角米、栗子、紅豇豆、去皮棗泥等，合水煮熟，外用染紅桃仁、杏仁、瓜子、花生、榛穰、松子及白糖、紅糖、瑣瑣葡萄（瑣瑣葡萄是一種甜味較高的山地葡萄）以作點染……」用這麼多的香甜果品配製的臘八粥，其味道之鮮美是自不待言了，因此平時也有市售，取名叫八寶粥，是指比以前的七寶五味粥更勝一籌的意思。

吃齋熬粥用紅棗

元宵之夜賈母要吃夜點心，熙鳳忙回說：「有預備的鴨子肉粥。」賈母道：「我吃些清淡的罷。」熙鳳忙道：「也有棗兒熬的粳米粥，預備太太們吃齋的。」（五十四回）

所謂「預備太太們吃齋的」，是指給寶玉之母王夫人預備的。王夫人信佛，常說「我今兒吃齋」。但她不是虔誠的佛教徒，只在初一、十五或需要齋戒的日子才吃素，平時也隨著別人吃葷。每當吃齋念佛的日子裏也要給佛像上供，供佛的食品必須是素食，最好還要有甜味，所以王熙鳳就用紅棗熬粥。同時紅棗又能養胃健脾，補血壯神，防止血小板減少，治療缺鐵性貧血，如與上等大米一同熬粥煮食，也是一道醫療保健食品，最適合婦女食用。

劉姥姥二進榮國府時，用口袋裝來了棗子（三十九回）。

棗是我國的主要果品之一，栽培和食用歷史非常悠久。有紅、黑兩色。黑棗原是紅棗的複製品，數量不多，所以使用量最廣的為紅棗。主產河北、山東、河南、山西、陝西等省份。浙江省義烏一帶也有一些棗樹，被稱作「南棗」。可惜產量不多，功力也欠佳。

紅棗的用途大致有三：

1.做食品。棗味香甜，能誘人食欲，不論做糕點或做菜肴都會受到人們的喜愛。據現代食品科技分析，它含有豐富的維生素和一定的礦物質，被譽為「天生的維生素丸」，更提高了其食用價值。

2.當藥品。入脾胃經，能健脾胃，補氣血，治療血小板減少及過敏性紫癜。如同花生仁同煮食，效果更好。

3.緩解藥性。有些中藥性質峻烈，服之易傷正氣。如配藥時加入幾隻紅棗則可使藥性得到緩解，使正氣免受損傷。紅棗還常被用作藥引子。

紅棗的最好食用方法是煮熟吃，這樣可充分發揮其效用。如王夫人就喜吃棗兒熬的粳米粥。倘若能做寶玉吃的建蓮紅棗兒湯那就更妙了。

紅棗甘溫，若頻食多食，也會助火生熱，反能敗胃損齒、生痰，有不良作用。

豆腐皮的包子好

有一天寶玉問晴雯：「今兒我在那府裏吃早飯，有一碟子豆腐皮的包子，我想著你愛吃，和珍大奶奶說了，只說我留著晚上吃，叫人送過來的，你可吃了？」晴雯道：「快別提。一送了來，我知道是我的，偏我才吃了飯，就放在那裏。後來李奶奶來了看見，說：『寶玉未必吃了，拿了給我孫子吃去罷。』她就叫人拿了家去了。」（第八回）

一碟子豆腐皮的包子何以會引起那麼多人的興趣？原來這種包子很不尋常，它比肉包子更好吃，更高貴，更富營養。其高貴之處首先在於豆腐皮的製作特殊，來之不易：是將做豆腐的原汁豆漿煮沸，不加凝固劑，使之冷卻，漂浮在鍋面上的脂肪和蛋白質會結出一層皮來，把它挑起晾乾，才能得到一張豆腐皮，其狀如金黃色的塑料薄膜，又似透明晰晰的蟬衣，故南方人俗稱豆腐衣，而北方人則管它叫油皮。浙江的產品最負盛名，是寺廟中做素鴨、素鵝、素包子等高級齋飯的餐料。中國醫學稱此物能養胃、止咳、清肺熱；據現代食品科學分析，它的脂肪、蛋白質的含量比雞蛋、牛奶還要高，磷、鐵、鈣的含量也都比蛋奶為優。因此其價格通常要比豆腐貴十幾倍，而且小城市市場上經常無貨供應。有了這樣高檔的原料，還要有相應的輔料，一般是與金針、木耳、青菜、香菇等搭配，製成包子餡，才能做出包子來。調味品除正常的油、鹽，還應稍放點薑末、白糖和蔴油（北方叫香油）。

不過對北方的部分讀者來說這種包子只是可望不可及的，因為豆腐皮短缺。為了應個景，只能找代用品。我國還有一種比較大眾化的豆製品，是將豆腐汁中加進凝固劑後潑在模子裏壓成的薄皮，在南方叫做百葉或千張；在北方的廣大地區內都統稱豆腐皮。這種豆腐皮的內在質量與前面提到的那種真正的豆腐皮相差甚遠，但它比豆腐要好得多，而且價格低廉，也一直很受人們的歡迎，可權做豆腐皮的代用品。另外，將油麵筋撕碎拌在餡子裏，也很像豆腐皮。

貴妃曾把酥酪賞

東宮娘娘賈元春歸省時曾賜出瓊酥、金膾等食物給寶玉和賈蘭（十八回）。次日寶玉正要往東府去看戲，忽又有賈妃賜出的糖蒸酥酪來。寶玉想著上次賜出的酥酪襲人愛吃，便命將這碗酥酪留給襲人了（十九回）。

此處所說的瓊酥和酥酪實屬一物，是北方少數民族中的一種美味食品，主要用牛奶、羊奶等製成，故又有乳酪、奶酪等多種名稱，現在通常叫做奶酪。北京接近滿、蒙、回等兄弟民族聚居的地區，很早就有乳酪應市。宋朝著名詞人辛棄疾就喜吃此物，曾高興地讚曰：「香浮乳酪玻璃碗，年年醉裏偷嘗慣。」清朝成書的《都門紀略》中也寫道：「閒向街頭啖一甌，瓊漿滿飲潤枯喉，覺來下嚥如脂滑，寒沁心脾爽似秋。」可惜現在這種美食卻不多見了。

據《中國小吃》（北京風味）介紹說：做乳酪可以用炭火烘，也可以用蒸氣蒸。元妃賜出的叫糖蒸酥酪，顯然是用蒸的方式做成的。若做五碗乳酪，需備下列原料：

牛奶五百克，糯米酒（南方人叫酒釀汁）二十五克，白糖六十克，糖桂花二・五克，瓜子仁、核桃仁、葡萄乾各五克。

製法：

1.將牛奶入鋁鍋燒沸，加白糖、桂花攪勻，待糖溶化後用雙層紗布過濾，置陰涼通風處候涼。

2.用沸水泡透核桃仁，刮去黃皮，切成小塊；瓜子仁用微火炒熟；葡萄乾揀淨洗淨，瀝去水。以上果料分別放在五個小蓋碗中。

3.把糯米酒徐徐倒入冷涼的牛奶中，邊倒邊攪，使奶酒交融，並迅速分裝到五個小碗內，加碗蓋，入沸水鍋中蒸。火不要太大，熱氣不能太足，蒸十幾分鐘即好。此時的奶酪還未凝結牢固，要免受震動，否則會變稀。待其自然冷卻後再端入冰箱冷凍三四小時。無冰箱時可放到陰涼通風處存放一段時間。這時它呈較濃的膠凝狀態，即可端上桌去。

乳酪雖是一種高級營養美味食品，但由於每個人的飲食習慣不同，有些不常吃乳製品的人卻不適應，故而襲人吃過後竟引起了「肚子疼，足鬧的吐了才好」。這話雖是一句婉轉的推託之詞，倒也是符合實際情況的。

補氣健脾山藥糕

秦氏可卿正在生病，王熙鳳去看望，她說：「昨日老太太賞的那棗泥餡的山藥糕，我倒吃了兩塊，倒像克化的動似的。」鳳姐兒答道：「明日再給你送來。」（十一回）

秦可卿自從八月二十日開始「懶怠吃東西」的，病到今天已過百日，那臉上身上的肉全瘦乾了，為何吃了山藥糕能「克化的動」呢?因為：

紅棗能補氣血，健脾胃，加之其味道甜美，容易引起人們的食欲；山藥亦能補氣健脾，入脾、肺、腎三經。脾胃和則食欲增。紅棗以北方大棗為佳，山藥以河南產品為優。

可取紅棗五百克，洗淨去核，用溫水浸泡一小時，撈起瀝乾水分，入籠蒸一小時，候冷，捏去皮（大量製作應用網眼篩子擦去皮）。燒熱鐵鍋，放進一百克熟豬油或花生油，熬熱，入一百五十克白糖溶化，倒進棗泥拌炒均勻。棗泥也可不炒，但必須將三料充分捏合為一體。豬油冷後凝固，最為適宜。

另取鮮山藥五百克左右，洗淨入籠，蒸一小時取出（可與棗一鍋蒸），趁熱剝去皮，入盆，用物擠爛如泥。拌入二百克「鑲粉」（用糯米粉與粳米粉混合的輔助粉，使山藥泥增加可塑性）及少量豬油、白糖、清水，和成軟泥狀，上籠蒸三十分鐘，取出冷卻。

將糕模子內層塗油防黏，放上點桂花或者切碎的蜜餞等，再放入一小塊山藥泥，壓平實，中間微凹，填入適量棗泥，上層再蓋之山藥泥，壓平實，反扣糕模，倒出糕坯，繼之如法再做。待全部做完，即入籠蒸。因都是熟料，稍蒸幾分鐘就行了，蒸久易使糕變形。

普通居民家中無糕模子，可另取別種樣式：

1.用兒童吃飯的平底小碗代替糕模子。

2.用木板條自製一個方框框，入籠擺平，壓住籠布不露縫隙，先鋪上一層山藥泥，再鋪上一層棗泥，上面覆蓋一層山藥泥，壓平實，點綴蜜餞或糖桂花，加鍋蓋稍蒸，取出切塊。

但不管採取何取方式都是很費事的，一般讀者若是為了取其健脾消食之功，只要用山藥紅棗配大米粥煮即可，入白糖、桂花調味，也是很好吃的。而且乾山藥在中藥店裏有售，常年供應，不像鮮山藥那樣受天時限制。

養心安神蓮棗湯

有一年冬天，寶玉早起曉行，去參加舅舅的壽宴，小丫頭便用小茶盤捧了一蓋碗建蓮棗兒湯來，寶玉喝了兩口。麝月又捧過一小碟法製紫薑來，寶玉噙了一塊。又去拜見過老太太、王夫人等，便上馬啟程了（五十二回）。

蓮子是藕上結的種子，凡是有藕的地方都有出產。不過就全國而言，以湖南省的湘蓮和福建省的建蓮最為著名。湘蓮多是帶皮帶心的完整蓮子，是像花生一樣的褐紅色，下鍋前必須先去皮去心，很麻煩的。建蓮係去皮去心的淨蓮子，故又叫通心蓮，呈淡黃色，要吃時取來就能直接下鍋，可節省許多時間。寶玉現在正急於出門趕路，不能久等，用建蓮子燒湯是最合適的了。又據《隨園食單》說：「建蓮雖貴，不如湖蓮之易煮也。」由此看來，清朝人認為建蓮比之湖蓮（即湘蓮）要高貴一些。賈府自然要用最好的食品保住這位公子。

蓮子有養心安神、健脾益腎之功，常吃蓮子能滋養交感神經。且其味道像糖炒栗子一樣，是非常好吃的。因此它既是名貴藥材，又是美味食品，常用作高級點心或上等宴席的名菜點。在第十回裏，張太醫給秦可卿診病時，斷定她定是個心性高強的人，這病就是因心性高強，思慮太過，憂慮傷脾所致，處方上寫著「引用建蓮子七粒去心，紅棗二枚」，秦氏服下該藥果然覺得「略好些」，建蓮紅棗的補益之功可見一斑了。

蓮棗湯做法有二：

其一：取建蓮子五十克，紅棗五～七枚，若是用河北省的小棗可增至十餘枚。揀淨，用溫水淘洗（見生水難煮爛），同入小碗內，加熱水，上籠蒸一個小時左右，入冰糖屑二十五克，再蒸片刻，待糖溶化後出籠，即可上桌。

其二：用料如上。鍋中先加水一大碗，燒開後入蓮子、紅棗，煮四五十分鐘，再加入冰糖，小火燜片刻，糖溶化後出鍋盛碗。在燒煮的過程中要注意觀察和調劑火力，既不能燒乾水分也不要剩水太多，連湯合得一小碗即為適中。

以上兩例的蒸煮時間只是個參考數據，實際上蓮子有新、陳、優、劣之分，它們熟透的時間也各別，這要靠食者根據所購蓮子的好壞自行測定和把握確切時間。

書中還說到寶玉噙了一塊「法製紫薑」。這是用傳統方法炮製的紫薑。紫薑就是新收穫的生薑，因尖部發紫而得名，晒乾後紫色消失。又因嫩薑是從母體上分化出來的，也叫作子薑。明朝大藥學家李時珍曰：「凡早行、山行宜含一塊，不犯霧露清濕之氣及山嵐不正之邪。」這就是說，紫薑也是一種很好的保健食品。此薑要等太陽升高後才可吐掉，否則無效。它並不很辣，若能嚼一嚼嚥下去水分那就更好了。

栗粉糕與藕粉糕

寶玉要給史湘雲送食品，襲人打點齊備，叫過本處幹粗活的老宋媽媽來，交給她兩個小掐絲盒子，其中一個盒子裏用瑪瑙碟子盛著一碟「桂花糖蒸新栗粉糕」。老宋媽媽領受了任務，便換上出門的衣裳，由後門出去乘車前往（三十七回）。

南方一向有用栗子做糕的習慣。例如：

《清稗類鈔》中說：「栗糕，以栗去殼，切片曬乾，磨成細粉，三分之一加糯米粉拌勻，蜜水拌潤，蒸熟食之，和入白糖。」

《隨園食單》中亦稱：「煮栗極爛，以純糯粉加糖為糕，蒸之。上加瓜仁、松子。此重陽小食也。」《隨園食單》說這道點心是重陽小食，就是陰曆九月九日重陽節所吃的食品。書中做此糕是八月，這是因為賈府是貴族階級，各類節令食品都要嘗新，故而比普通人家做得早一些。比照以上兩例，做糕時加進桂花，就是「桂花糖蒸新栗粉糕」了。

史太君兩宴大觀園時，有一樣很新奇的點心叫「藕粉桂糖糕」（四十一回）。

藕粉和桂花糖都是杭州的著名特產，所以這是一道江南風味的精美糕點。《本草綱目拾遺》稱：「冬日掘取老藕，搗汁澄粉，乾之，以刀削片，潔白如鶴羽，入食品。先以冷水少許調勻，次以滾水沖入，即凝結如膠，色如紅玉可愛，加白糖霜摻食，大能營胃生津。」《隨息居飲食譜》亦云：「老藕搗浸澄粉，為產後、病後、衰老、虛勞妙品。」

藕粉不便單獨蒸糕，通常要與麵粉或米粉混合使用，並用白糖和糖桂花或蜜餞調味。具體做法可參考菱粉糕、山藥糕以及栗粉糕。

菱粉糕與雞油捲

李紈命一個婆子去給熙鳳送螃蟹，她一時拿著盒子回來說：「……這個盒子裏方才舅太太那裏送來的菱粉糕和雞油捲兒，給奶奶、姑娘們吃的。」（三十九回）

舅太太送來的這兩樣食品是祝願那班奶奶、姑娘們美麗、健康、長壽的意思，很有講究。菱即水生植物菱角，性味甘涼，生吃可清熱解暑（內有寄生蟲，現在不提倡生吃），熟吃能健脾胃，補氣血，增強人體的免疫功能。現在我國和日本的醫學界還研究證實它有抗癌能力，尤其對胃癌的防治效果更佳，且無副作用。

取老菱角加工成澱粉，就是菱粉。該粉潔白、細膩、滑潤，有一定的黏性，是烹調中勾芡或掛糊的上好材料，舅太太用它來做糕，那就是更上一層樓了。——不過這可不是她的發明，江南原本就有菱粉糕的，只是一般家庭不能常吃而已。

但菱粉多吃會使人氣滯，即胸中滿悶。若出現此種情況，飲薑湯一杯可解。所以唐朝的《食療本草》中就指出「可少食」。曹雪芹把這道點心安排給青年人吃，而不是讓史太君吃，這是大有道理的。有鑒於此，做糕時可與米粉或者麵粉混合使用，菱粉比例不超過三分之一為宜。現舉幾個麵粉的實例：

1.用鮮酵母將混合好的麵粉製成發酵麵團（鮮酵母發得好，不產酸味，可免去施鹼），揉勻，做成厚餅狀，靜置片刻，讓其「醒一醒」，送入蒸籠，上面鋪撒適量白糖、桂花，蒸熟。厚麵餅熟後高高地隆起，就是「白糖桂花菱粉糕」了。取出來切成方塊、長塊或菱形塊，就可以上桌了。

2.比照上例，如果換上洗淨的葡萄乾，就是葡萄菱粉糕。

3.再照上例，若將棗泥或者豆沙餡、芝麻屑之類的輔料夾在麵餅的中間，做成三層或五層的夾心糕，表面用白糖、青紅絲點綴，或者用蜜餞拼成花紋、圖案，就成了花式菱粉糕。

總之，只要糕中含有一定量的菱粉，就是抓住了這道點心的要領，至於具體的式樣，理所當然地應根據料源等客觀條件來定，也應「百花齊放」才是。千篇一律的固定模式不符合作者意圖，因為榮國府的食品是不重樣的。

菱粉的主產地在江浙兩省。

大觀園裏的姑娘們梳洗打扮時都喜歡擦頭油，連丫環們都不例外。做舅媽的當然了解青年女子的脾性愛好，就在食品營養上動腦筋，所以也送來了雞油捲兒（三十九回）。雞油不但是上等調味品，還有一定的醫療保健之功。常吃雞油可使頭髮長得油潤光亮，且這光亮是從內部長出來的，比擦上去的頭油要好得多。

按照南方人的民間習俗分析，舅太太殺的應該是烏骨雞，才能作為一項禮物往賈府裏送，因為一般的俗物榮國府是不稀奇的。烏骨雞入腎經，大補婦人，南方人崇尚之。《內經》曰：「腎主骨，其華在髮」腎氣得補，潤澤其髮。同時烏骨雞還能治療婦科疾病，這與熙鳳的疾病也完全對景。該種雞的產地是江西省泰和縣，較難飼養，以前主要供藥材部門生產婦科良藥之用，現在在北方也能買到。

雞油捲兒的做法可分兩種：

殺雞時將其腹腔內的黃油取出，洗淨瀝乾，切成碎丁，與適量的蔥花、細鹽、五香粉拌在一起。取一千克麵粉製成發酵麵團，用麵杖擀成薄麵片，呈長方形，把拌好的雞油蔥花倒上去，用筷子撥散，平攤均勻，再捲攏為圓筒狀，切為二十個小麵捲子，翻出花來，入籠，水燒開後蒸十幾分鐘取出，就得到美味可口的「雞油捲兒」了。這是其一。

其二：比照上例，基本操作程式不變，只要把生雞油煉成像熟豬油那樣的液化油就行了。只是雞油的熔煉不能如同豬油那樣用鐵鍋熬煎，否則會煎出頭髮燒焦的氣味，直接影響到雞油的味道。可把生雞油入碗，上面用紙或者紗布、蓋子之類的東西罩住，防止蒸餾水流入，然後入籠蒸它三四個小時。生雞油在高溫氣壓的作用下逐漸收縮，就分離出液化油來，揀出油渣，就得到了提純的雞油。用排筆或者軟刷蘸上雞油在麵片上往返塗之，上油的這道工序就完成了，其他工作可參照上例辦理。

綜上所述，既然知道了吃雞油的用意，那麼今天具體的吃法自然也就沒有必要非得做花捲了，譬如菜、湯或者麵條碗裏澆上點雞油，豈不是更簡便省事！

螃蟹小餃鵝油捲

賈母陪著劉姥姥逛大觀園時，丫環們送來了兩個點心盒子，其中一個盒子盛著兩樣炸食：一樣是一寸來大的小餃兒……賈母因問是什麼餡兒，婆子們忙回是螃蟹的。賈母聽了，皺眉說：「這油膩膩的，誰吃這個！」（四十一回）

史太君不屑一顧的這種小餃兒是道不可多得的江南名食，只因為她吃膩了，才放在一邊不再問津。在蘇州和杭州有一種油炸的肉包子叫油汆饅頭，鎮江和揚州有一道著名點心是蟹黃湯包，而揚州和淮安的餃子又是以小巧玲瓏著稱於大江南北。賈府的這道小餃兒正是體現著蘇、杭、鎮、揚、淮等各地名特點心的精華。

油炸螃蟹小餃兒做法要分三個步驟：

①取清水大螃蟹三四個，洗淨蒸熟，持小刀或竹籤剔取一百克蟹黃、一百五十克蟹肉。鐵鍋中放一百克熟豬油，燒熱，入蟹黃蟹肉炒幾下，再加二十五克黃酒、十克蔥薑末及少許細鹽炒透，出鍋讓其自然冷卻。此料叫作蟹黃油，是做餃子的主料。

②取去皮去骨的豬腿肉四百克，剁成肉泥狀，加進肉皮凍（係煮爛絞碎的豬皮及濃湯冷凍而成，起灌湯作用）二百克，細鹽五克，醬油十克、白糖十克、蔥薑汁水二十五克（將適

量蔥薑搗碎，用少許清水浸潤包布榨取），麻油二十五克，攪拌均勻，再倒入蟹黃油，加少許胡椒粉拌和，即成餃子餡。

③用精白麵粉五百克，加溫水和成軟硬適中的麵團，蓋上濕布靜候半小時，搓成食指粗細的麵條，切成一百二十個小麵劑子，逐個軋成三．五公分直徑的餃子皮，包上餡子，捏成小餃兒，入沸水籠中用旺火蒸十分鐘，取出稍冷，不等冷透就入熱油鍋中炸（冷透皮子乾硬），不時用漏勺翻動。待外皮開始發黃，立即撈起，稍冷卻，再次下入熱鍋中炸。見呈金黃色時撈出，瀝去油，裝盤入席。

賈母嫌那個螃蟹小餃兒太油膩，便到另一個盒子裏揀了一樣蒸食，叫作松穰鵝油捲。但也只嘗了一嘗，將剩的半個遞與丫環了（四十一回）。

安排這道點心有多種意義：

鵝肉、鵝血、鵝油都有很好的保健作用。肉和血將在以後的文章中再探討，這裏先說鵝油。鵝油是最高級護膚品，清朝宮廷內曾用它製作護膚香皂，但一般臣僚不可多得，只有皇帝引見時才有幸使用，故名「引見胰」（以前把香皂稱為「胰子」）。用引見胰洗臉顯得容光煥發。賈府自然會知道鵝油的這種效用，就做了鵝油點心供奉老太太。常吃鵝油同樣能使皮膚柔軟白嫩，即使冬天也不會皴裂。

松穰就是松樹上結的松子仁，不但氣味芳香，還有潤腸通便之功，能防治老年人常犯的習慣性便秘。所以賈母的點心裏和月餅裏都有松仁（七十六回）。

這道點心的做法：

將松子仁炸熟（生的也可），比照以前那個做雞油捲兒的方式煉油、和麵，麵中摻進適量白糖，使有甜味。攤上麵片後塗上一層鵝油，再撒上一層松子仁，但不必布滿，星星點點地散開，捲攏麵片使成圓筒形，切成小捲子，再翻出花來，夾縫中露出稀疏的松子仁，上籠蒸熟就行了。

花捲的大小以五十克麵粉做一個為宜。

此外，也可把松子仁軋製成粉比照上法使用，這樣松仁不致散落。

姥姥誇讚麵果子

劉姥姥在榮國府住了三天，享盡了榮華富貴，臨走時史太君又特地送給她一盒奶油炸的各色小麵果子（四十二回）。

關於送麵果子的原因，還得從頭說起：昨天賈母陪劉姥姥逛大觀園時請她吃點心，其中就有這種小麵果子。劉姥姥見它們都玲瓏剔透，便揀了一朵牡丹花樣的，笑道：「我們那裏最巧的姐兒們，也不能鉸出這麼個紙的來。我又愛吃，又捨不得吃，包些家去給她們做花樣子去倒好。」眾人都笑了。賈母道：「家去我送你一罈子，你就趁熱吃這個吧。」今天劉姥姥要回家去了，賈母果然不失信，就送了這一盒小麵果子。

我認為這是一道滿族點心，至少也應該是北方點心。理由是：

一、南方的中式糕點歷來就很少使用奶油，更不要說會用奶油去開油鍋了。南宋遷都臨安（今杭州）後，南方雖出現過乳酪、乳餅等北方點心，但以後也被南方的食風所同化，竟漸漸地銷聲匿跡了。南方人過去沒有飼養奶牛的習慣，原料缺乏。

元朝和清朝時期，南方來的官吏也吃奶製糕點，但若查一查它們的歷史，總歸不是南方的土產。

北方卻大不相同，暫且不要說蒙古族、滿族聚居的地區，僅以北京為例，歷來就有許多奶製食品。

二、就「小麵果子」的形狀來看，很像滿族食品。《清朝野史大觀》在「嗜麵」一書中記：「滿人嗜麵，不常食米。種類極繁，有炕者、蒸者、炒者。或製以糖，或以椒鹽。或做龍形、蝴蝶形以及花卉形……」賈府的這道點心恰巧是花卉形，與滿人的傳統食品樣式完全相符。

小燕偶把捲酥嘗

廚娘柳嫂派人給芳官送了飯來，小燕接過去一看，除有兩菜一湯、一大碗粳米飯外，還有一碟四個奶油松穰捲酥。芳官吃不了這麼多，小燕便要把剩下的交回廚房去，寶玉道：「你吃了吧，若不夠再要些來。」小燕道：「不用要，這就夠了……」說著，便站在桌旁吃了，又留下兩個捲酥，說：「這個留著給我媽吃。」（六十二回）

我認為這「奶油松穰捲酥」也應該是北方點心，而且很可能是一道滿族高級點心。因為：

一、如前所述，二百多年前的江南點心很少用奶油，然而北方的點心卻常有奶油或牛奶。這大概是由於北方有滿、蒙古、回等少數民族，飲食要適應各兄弟民族的生活習慣。同時松子仁的主要產地是在東北林區，能就地取材。

二、捲酥之名稱在南方很新鮮，但北方人對它卻不陌生。遼寧省糖業煙酒公司編著的《中西糕點大全》一書中專門用了一節講述捲酥的製作方法，只是其用料沒有像榮國府那麼講究。

端午之際食粽子

端午節那天，為了跌壞扇子的事，寶玉和晴雯吵鬧了一場，兩個人都氣哭了。襲人勸解不止，便也隨之傷心落淚。黛玉走來不知底裏，笑道：「大節下怎麼好好的哭起來？難道是為了爭粽子吃爭惱了不成？」一句話說得寶玉和襲人嗤的一聲都笑了（三十一回）。

農曆五月五日的端午節是很隆重的。僅以《紅樓夢》為例，從二十四回裏王熙鳳就開始做準備，一直到了三十一回才正式過節。那天是「蒲艾簪門，虎符繫臂」。同時還要佩香荷包、飲雄黃酒、吃粽子及鹹鴨蛋（或煮鴨蛋）等等，真是熱鬧非凡。小孩子到這一天可以大飽口福，並能試穿新衣，更是歡天喜地。黛玉看到他們幾個人今天卻哭得像淚人兒一般，當然感到十分奇怪。

關於吃粽子的原因有多種說法：

一說為紀念屈原。屈原是戰國時期（西元前四〇三年至前二二一年）的偉大詩人、政治家，因為遭到奸臣和昏君的迫害，於西元前二七八年的五月五日自投汨羅江（現湖南省）身亡。人民為了紀念他，每到這一天就用竹筒貯米投入江中做祭品。後患水生動物來搶米吃，即改用竹葉或葦葉包粽子，並用五色線紮牢，投入江中設祭。

另一說是粽子的起源比屈原要早。它本來是農曆節氣夏至那天祭神和祭祖的供品，後來才移來紀念屈原。因夏至那天太陽走到了地球的最北端，過了夏至就開始往回走，於是就把這一日稱為端陽節，屆時要用黏米包成牛角形的「角黍」設祭。角黍即粽子的早期名稱。本人為此特地向祖藉湖南的人士做過調查，證實湖南省的民間確實是把夏至那天叫作大端陽，五月五日叫作小端陽，這兩個端陽節都要吃粽子的。從情理上去分析，小端陽之食俗應該是源於大端陽的。現在有不少地方把端午節稱為端陽節，大概也是這個緣故吧。

此外還有祭龍說和惡日說等等。不過這些說法至今未能被大多數人所認可，還有待於史學家進一步的論證。

但不管何種說法對頭，有個誰也無法否認的事實是：自從粽子和屈原聯繫在一起，它才產生了巨大的生命力，不但逐漸傳遍了全國，還傳到日本，現在日本的粽子也有很多品種。以後又相繼傳到了華僑聚居的東南亞諸國，而且菲律賓的粽子已衝破了端午節的界線，成了耶誕節的禮品。小小一隻粽子在中外文化交流史上倒起到了意想不到的作用，我們應該珍視這一傳統。

由於我國是粽子的發源地，其種類之多實在不勝枚舉。現在只介紹與《紅樓夢》有關的少數幾個代表。

一、鮮肉粽子。這是江南的傳統品種，通常的做法是：

備糯米一千克，去皮去骨的豬腿肉四百五十克，紅醬油五十克，細鹽二十五克，白酒五克，白糖二十五克，粽子葉適量。

將粽葉用開水燙泡五分鐘，洗淨撈起。把豬肉切成大小均勻的十小塊，入盆，加酒及一半鹽、糖，用手捏一捏，迫使其入味。

把糯米揀淨洗清，撈起靜置半小時，使水分瀝盡，拌入醬油及另一半鹽、糖，即可取粽葉來包裹粽子：先放進二十克米，後放進一塊肉，再蓋上五十克米，裹緊紮牢即好，共得粽子十只。

鍋中入水，水要能浸過粽子十公分，放進粽子煮兩小時，再用微火餘熱煨三小時。若發現水不足，只能加開水，不可續冷水。

二、火腿粽子。林黛玉的幼年時期是在揚州度過的，揚州的著名粽子用火腿製作：將火腿刮洗乾淨，切成大小適當的塊狀，用洗淨的糯米和粽葉包裹起來就行了。也可把火腿剁成細粒，與米混合在一起包。肉與米之比例按自己所好搭配。火腿乾硬，必須久煮。或者先用清水把火腿浸泡一夜再用。

三、豆沙粽子。這豆沙粽子要數賈雨村的故鄉湖州的產品名氣最響，現已被列入《中國小吃》向國內外推薦。其基本做法是：

取赤豆五百克淘洗乾淨，入鍋煮至稀爛（需要四五個小時），撈起，用網眼篩子搓去豆皮，即得到細膩純淨的豆沙。用熟豬油一百克拌炒豆沙，再入白糖五百克炒勻，少放點麵粉以使豆沙增稠，再入五十克熟豬油炒拌均勻。

將五百克豬板油撕去皮膜，切成小丁，與一百克白糖一起揉搓，使之互相滲透，然後與豆沙捏合在一起，即為豬油白糖細沙餡芯。

用此餡配合一千八百克左右的糯米包成二十五只粽子。連豆沙、麵粉在內合計用量約二千五百克。

但做細沙是件很麻煩的事，一般來說家庭自食可不去豆皮，這樣不但省工且更富營養。大城市的讀者去買現成的豆沙餡就行了。

根據上述三例，又可翻出許多花樣。譬如：

用出骨雞肉代替鮮豬肉，就是雞肉粽子；用鹹肉替換火腿，又成鹹肉粽子。

將豬肉、雞肉、火腿、蝦仁等混合切碎，拌入調料，可包出什錦粽子。還有棗泥粽子、蓮蓉粽子等等諸多品種，做法也都大體相同。

粽子的大小及樣式也沒有定例。有的地方的粽子個頭較大，每只能包五百克糯米。這顯然不應是榮國府的產品。也有的粽子體積很小，樣子如初生菱角（見《隨園食單》），顏色翠綠，玲瓏可愛，最適合林黛玉食用。做得最精巧最好看的粽子是浙江歷史上曾出現過的巧粽，因它能充分展示包粽人的智慧和技巧而得巧粽之美名。其形狀有的像樓臺，有的似舟車（見《武林舊事》卷第三），包製程序是十分繁瑣的，成品自然是非常美觀的。再配上蒲、艾等節日飾物，很能增添歡悅氣氛。但這只是供南宋的宮廷貴族玩賞的食物，今天已沒有人願意耗費巨大的精力去效仿了。

中秋月餅必出場

從七十二回到七十六回，每回都說到過中秋節。每到中秋佳節必要吃月餅，所以書中多次出現月餅。不過賈府裏的一般人是吃家廚自製的月餅，賈母吃的是皇宮中賜出的「內造瓜仁油松穰月餅」（七十六回）。

中秋節為什麼要吃月餅？賈府的月餅又何其多？說來話長。

古代沒有先進的照明設備，月亮卻能在茫茫的黑夜中給人們帶來光明和幸福，我國人民一向熱愛月亮。又由於過去受到科學知識的限制，對月之圓缺、月上的陰影以及月蝕等等自然景觀不能解釋，於是就產生了種種神秘的念頭，對之敬若「神明」，從而編造出許多關於月亮的美麗傳說。如在漢族中有嫦娥奔月、吳剛伐桂、玉兔搗藥的故事，在少數民族中也多有各自的月亮神話。所以祭月餅、拜月的事情自古即有。

民間愛月，那些達官貴人及皇帝寵妃亦愛月。據《禮記》中說：「天子春朝日，秋夕月。」就是古代的帝王有春天祭太陽、秋天祭月亮的禮制。以後的歷代皇帝相沿成習，北京的日壇和月壇就是為此而設。又據《晉書》記載，晉朝的最高當局還於「中秋夕與左右微服泛江」，就是他帶著左右近臣穿上便服到江面上去賞月。唐朝的皇帝更會玩，《開元天寶遺事》稱：「八月十五夜，上與貴妃臨太液池，憑欄望月。」這是指唐玄宗李隆基與貴妃楊玉環在中秋之夕賞月的事。

雖有上述種種活動，但那只是一部分人的自發行為，大多帶有個人之閒情逸致的性質，還沒有達到千家萬戶都統一行動的規模，所以在唐朝以前記述歲時節令和民風民俗的書籍中沒有中秋節之稱謂。由於隋朝建立了南北合一的一統天下，唐朝又出現過一段時期的太平盛世，才在全國範圍內形成了過中秋節的習俗。這在唐書唐志中有記載，在文人的詩詞中也有反應。如中唐詩人王建寫道：「今夜月明人盡望，不知秋思落誰家？」既然已經達到「今夜月明人盡望」的程度，說明各家各戶都要祭拜月亮了；「不知秋思落誰家？」則證明這時已把八月十五日視為團圓節，倘若到這天不能全家團圓，將會令人感到遺憾和傷心。由此可見，中秋節的形成經歷了漫長的過程，到了唐朝中期才定型。

進入宋朝，中秋節發展到鼎盛時期。《東京夢華錄》記述北宋京城開封府的情形是：「中秋節前，諸店皆賣新酒，重新結絡門面、彩樓花頭……中秋夜，貴家結飾臺榭，民間爭佔酒樓玩月。」《夢粱錄》說南宋京都臨安（今杭州）的盛況為：「王孫公子，富家巨室，莫不登危樓，臨軒玩月……至如鋪席之家，亦登小小月臺，安排家宴，團圓子女，以酬佳節。」

中秋節延續到清朝就更加隆重了。正是：「天上一輪才捧出，人間萬姓仰頭看」（賈雨村詩，見第一回）；「匝地管弦繁……誰家不啟軒」（湘雲、黛玉聯詩，見七十六回）。

月亮每月都有，為什麼要在八月十五祭月拜月呢？這和嫦娥奔月的傳說有關（傳說她是八月十五日升天的），也與氣候條件有關。按照我國的氣象規律，每逢農曆的八月前後，大氣中的水氣和塵埃相對減少，就出現了人們稱道的所謂秋高氣爽天高雲淡的大好季節。此時又接近秋分節氣，太陽、地球和月亮基本處於三點一線的位置上，太陽光能直射月面，較之其他月份的斜射，月亮就顯得更加光明和美麗。古人曰：「月到中秋分外明」，即指此而言。這時的氣候又不冷不熱，蟲鳥爭鳴，金桂飄香，秋菊吐艷，氣味芬芳，農事活動也過了大半，豐收的瓜果菜蔬正好是祭月的供品，自然是拜月賞月的絕好時節。我們設想一下，假如把這個節日移到別的月份去行不行呢？人們一定會感到那是不行的。文人在提到中秋節時喜歡冠上一個「佳」字，認為「中秋佳節」，大概就是這個緣故吧。

在如此美好的夜晚拜月又賞月，人們會感到賞心悅目，情趣盎然，久久不想離去。像賈母那樣八十高齡的老太太還興致勃勃地玩到次晨四更天才肯甘休。這樣就發生了需要吃夜點心的問題。中秋節的夜點心也因月得名：隋朝有「月華飯」，唐朝有「玩月羹」（見宋朝人陶谷著《清異錄》）。但這種飯或羹是要增加不少麻煩的，有些小戶人家更沒有閒心再去忙飯燒羹，因此多數人家是就地取材，分食祭月的糕、餅之類的點心。此種糕點也是在唐朝就有了（見七十回黛玉的說明），只是還未直呼月餅而已。久而久之，祭月的糕點才被稱為月餅，並且必須做成圓的，以示團圓之意。月餅既肩負著祭神和充饑的雙重任務，當然要做得好看又好吃才行。宋朝大文學家蘇東坡曾高興地讚道：「小餅如嚼月，中有酥與飴。」顯然他當晚吃的是酥皮甜餡月餅。蘇東坡對飲食很有研究，他對吃到的月餅能如此津津樂道，說明八百多年前的月餅已經相當不錯了。所以在宋朝人周密寫的《武林舊事》一書中也出現了月餅一詞，這可能是見著於書籍的最早記載。

月餅還立過戰功哩。相傳元朝末年農民起義時，朱元璋的軍師劉伯溫獻計，利用中秋節前夕相互贈送禮品的機會在月餅中夾有聯絡暗語，約定八月十五日夜裏一齊動手殺掉奴役他們的地方官吏，舉行起義。結果一呼百應，取得了很大的勝利。也有人說此計出自起義軍中的一員部將，即蘇北泰州人張士誠。不管哪種說法正確，元朝的月餅已是家家必備的祭品，這似乎是勿需置疑的。到了清朝那就更不用說了。因此中秋節前賈府準備了大量月餅，連看凹晶溪館的婆子都分到了月餅，吃得醉醺醺的去睡覺了，恰好給湘雲、黛玉的聯詩提供了一個幽靜的環境。

賈母吃的那個「內造瓜仁油松穰月餅」也確有客觀依據，並非作者虛構。《食品科技》一九八一年第十期登載過一幀清朝皇帝賜給大臣的月餅照片，其直徑二尺多，重約十公斤，形制之大實為壯觀。仔細端詳，月餅的圖案中還有桂樹、白兔、廣寒宮等等。明、清兩代皇帝都常向幸臣分賜月餅，而曹雪芹的曾祖母是康熙皇帝的奶娘，他祖輩擔任的職務又與管御膳房的內務府有密切聯繫，曹家肯定了解分月餅的情況，或許他家也分到過宮廷月餅。

襲人收到大芋頭

寶、黛、釵、湘等十幾個人在大觀園裏賞雪，並爭聯即景詩。各人房中的丫環都添送了衣服來，襲人也遣人送了半舊的狐腋褂來（用狐狸的腋下皮做的褂子，此處的皮細膩輕軟）。李紈命人將那蒸的大芋頭盛了一盤，帶與襲人去（五十回）。

芋頭即芋艿。其形似小蘿蔔頭，外又有茸毛，民間習俗稱芋頭、毛芋頭等。芋頭原產我國南方，已有二千多年的栽培史。現在北方也有種植，但尚不普遍。其質地細膩、滋味勝過馬鈴薯，且能益氣補虛。生用能消炎退腫，對治療淋巴結核、淋巴結腫尤有專功。用它做粥、飯、糕、羹無不適宜；如果與雞、鴨、肉等一起烹製菜肴更是美不勝收。所以自從唐宋以來就是文人墨客吟詠的對象，曹寅和袁枚也都曾讚賞過它。《隨園食單》說：「芋性柔膩，入葷入素俱可。或切碎作鴨羹，或煨肉，或同豆腐加水煨。」還說，「芋煨極爛，入白菜心，烹之，加醬水調和，家常菜之最佳者。」

在南方有些人喜歡吃蒸芋頭。尤其在中秋節，農民常以芋頭和毛豆一起煮熟或蒸熟，盛在大盤裏，闔家圍坐，邊聊天邊吃芋頭毛豆，其樂融融。當然，這種樂只有那些過得去的殷實人家才能享受，至於那些家境貧寒的劉姥姥們，就不敢如此揮霍浪費了。

芋頭蒸法：

選取重量在五十克上下的芋頭數斤，沖洗乾淨，上籠蒸一個多小時即可。取出入盤，用手剝去外皮，蘸上白糖吃。芋頭需熱食，蒸好後仍應留一部分在籠裏保溫，現吃現拿。

洗芋頭後易感手癢，這是生芋艿汁中一種叫「皂甙」的物質造成的。它不怕水洗，但很怕火烤，只要把手罩在火上翻來覆去地烤一烤就能止癢。根據這一特點，吃芋艿時手和容器都得注意清潔，否則若沾染到生芋艿汁會引起口腔刺癢，那就麻煩了。

熱糕送給芳姑娘

芳官到廚房裏去找柳嫂子安排寶玉的晚飯，忽有一個婆子手裏托了一碟糕來。芳官便戲道：「誰買的熱糕？我先嘗一塊兒。」這糕本是探春的丫環翠墨派小丫頭蟬兒出來買的，小蟬哪裏肯依！便一手接過去說道：「這是人家買的，你們還稀罕這個！」柳嫂子對芳官等人素來就很巴結，見此情景，忙笑道：「芳姑娘，你喜吃這個？我這裏有才買下給你姐姐（指柳氏之女）吃的，她不曾吃，還收在那裏，乾乾淨淨沒動呢。」說著，便拿了一碟出來，遞與芳官……（六十回）

這糕既然是從京都的街市上買來的，當然已不再是賈府自製的南方點心。《紅樓夢》中的京都名曰長安，實指北京，現從《中國小吃》中錄取一道叫「燙麵炸糕」的北京傳統糕點供讀者品嘗：

原料：麵粉二千二百五十克，老酵麵三百七十五克（即濕酵麵，約合乾麵粉二百五十克），鹼麵二·五克，白糖九百克，糖桂花一百克，芝麻油二十五克，花生油一千五百克（開油鍋用）。

製法：

1.取二千克清水入鍋，燒開後點入少許涼水止沸，立即倒進二千克麵粉用木棒攪拌，直到麵粉由白色變成灰白色，並不大黏手時為止，攤放在案板上晾涼，再加入老酵麵及鹼麵和勻，蓋上濕布「醒」一小時（冬季要兩小時，並注意保暖）。

2.將白糖入盆，加麻油、糖桂花及剩下的那二百五十克麵粉拌和，即成糖餡。

3.把麵團搓成圓條（這時如仍感到黏手，可在手掌中塗擦點生油）。揪成一百個小麵劑子，逐個壓成圓皮，放入左手心使成凹形，加進適量糖餡，兜起包嚴，揪去收口處的麵頭，再壓成直徑約六公分的小餅。

4.鍋中入油，用旺火燒熱，將餅分批下鍋炸，並不時翻動。約十分鐘後，見小餅兩面都呈金黃色即好。撈出瀝油，要趁熱吃。

麵粉經沸水燙過就像稠厚的漿糊一樣略帶黏性，色白如玉，具有了糯米粉的某些特徵。所以這道炸糕雖是出自北京的一種麵食，卻頗有江南糯米糕的性質，送給芳官吃是很合適的。

壽桃掛麵情意長

賈寶玉生日那天，親友們都送了賀禮。他的大舅王子騰家的禮物和往年一樣，仍是一套衣服、一雙鞋襪、一百壽桃、一百束上用銀絲掛麵（六十二回）。

做生日為什麼要送壽桃？據古代典籍和神話故事傳說，桃是神仙吃的果子，要三千年才開花結果一次，故而非常珍貴。那位著名的西王母娘娘做壽時曾設蟠桃會招待群仙，所以人們就把桃視為仙桃和壽果了。

不但桃有仙緣，連桃木都有神靈，而且它在民間的威望比桃還大。早在先秦時期的古籍中就有桃木能避邪祟的記載，一切妖魔鬼怪見了都逃之夭夭。榮國府裏放著桃符（五十三回），就是這個道理。道士來大觀園捉拿妖怪時，法師手裡的打妖鞭也是用桃木做的（一百零二回）。從前有的老太太或小孩子的衣襟上常繫戴雕刻得很精緻的小桃木人，那是從廟會上買來的，有「避邪免災保平安」之功。甚至有的大男人在夜間出門走遠路時也要帶上一根桃木棍子，名曰桃杖，即使路過墳場也不必害怕。

桃既然有如此巨大的法力，那麼在給人祝壽的時候送桃和吃桃的重要意義也就不言可喻了。

但是鮮桃不可能四季常有，於是人們就想出種種辦法製作象徵性的代用品。做壽桃的原料有多種，形式也有多樣。南方喜用糯米粉，而北方則通常是用麵粉。舉例如下：

取麵粉一千克，發成「子酵麵」，即發得較嫩的酵麵。它可塑性好，熟後不大會走樣。備白糖、核桃仁拌的餡子四百克，或者豆沙、棗泥之類的餡子五百克。另備紅、黃、綠色的食用色素少許。

將麵粉發好後施鹼，若用鮮酵母發麵可免鹼。揉勻揉透，分成十或二十個等份，軋成皮，包入適量餡子收口，口要朝下放，使成圓饅頭狀。在頂部捏出桃尖，用刀背或竹片從上至下軋出一個桃形槽來，將桃尖略微彎曲。待全部做完，送入沸水鍋中蒸十幾分鐘即熟。取出用毛刷噴灑色素：桃身著淡黃色，尖部噴粉紅色。如欲做上桃葉，需事前用綠色素另和一小塊麵，軋成薄皮子，用剪刀剪出若干個小桃葉來，分別墊在桃下，然後入鍋蒸。

以上是普通壽桃，據傳說乾隆皇帝祝壽時進獻過百子壽桃，是將一百個如同手指頭大小的小桃裝在一個大桃中再製熟的，用料和製作都很複雜。

但僅從這普通壽桃的製作過程來看，已經是一件非常麻煩的事了，故而也是只在比較隆重的壽禮中才有壽桃，一般化的壽禮用圓形饅頭代替也就行了。譬如王熙鳳的生日時她外婆家就是送來的饅頭（四十五回）。

將和好的濕麵團搓成小手指一般粗的麵條，盤掛於木頭架子上，下墜一個較短的圓形木棒，粗麵條在木棒的壓力下逐漸被拉細拉長，並自然風乾，就成為掛麵。此法始於元朝（一二〇六～一三六八年），北方人首創。

細長的掛麵通常要用紙捲包成筒狀出售，一捲就叫一束。送壽禮要講究吉利，王子騰家送來的壽桃和壽麵都用百計數，皆寓有長命百歲的意思。而且是個雙百，更顯示出舅舅對寶玉的特別疼愛及良好祝願。賈寶玉也不負重望，在當天陪著客人及家人吃了好幾次麵條子（六十二回）。

祝壽要吃麵條，這也有兩方面的原因：

一、麵條是中國人發明的，人們喜歡它。我國人民一向認為麵條易做易熟易消化，是產婦、老人家及病家的康復保健食品。即使在盛產大米的江南，當人們覺得腸胃不適時也要用麵條來調養。至於北方更是把雞蛋、掛麵作為看望產婦或病人的禮品。久而久之，人們就把雞蛋和麵條視為保健食品了。

二、圖吉利。由於受到迷信思想的影響，古代人做任何事情都講究是否吉利。譬如人們很早就用元宵、月餅等圓形食品象徵團圓，用紅棗和生栗子祝願早生貴子，那麼長形食物就可代表長壽。麵條在各類飲食中是最長的了，於是它就成了最合適的生日食品。

祝壽吃壽麵的事亦始於北方。《新唐書・后妃傳上》中有玄宗皇帝李隆基生日吃「湯餅」的記載。湯餅是唐朝人對刀切麵條的稱呼，到了宋朝才逐漸喚作麵條，但仍有人習慣於叫作湯餅。

不過從許多資料證實，那時吃壽麵的事尚未形成一種習俗。宋朝的宮廷壽宴酒菜豐盛，也仍無壽麵，主食獻的是胡餅和饅頭。到了明朝，生日吃壽麵的風氣就比較普遍了。《大明會典》記載：正統年間（一四三六年～一四五〇年），皇太后壽誕，有壽麵；宣德年間（一四二六～一四三六年），東宮千秋節，有壽麵。此處的「千秋節」是對壽辰的尊稱。

壽麵的種類各不相同，主要區別是反映在不同的加工方式上。譬如：

1.可選用雞蛋、雞絲、雞湯、海參、香菇、木耳、玉蘭片、鮮蝦仁等比較高檔的餐料（任選幾種，不一定必須備齊），用它們燒製成各種「澆頭」，待麵條入碗後上加澆頭就行了。當然也可用紅燒肉、荷包蛋等比較大眾化的菜肴作澆頭。

2.清朝初期有的文化人士喜歡吃五香麵和八珍麵。要在和麵時就把各種調味品如蔥薑汁、蘑菇汁、筍汁、蝦仁汁、鹽、醬、五香粉等拌入麵粉中，然後軋製成麵條，煮熟。這樣做，調味品能徹底進入麵條中，使滋味更加鮮美。麵條入碗後仍需另加澆頭。

3.最上等的壽麵要算是伊府麵了。雖然書中未說明寶玉吃的就是伊府麵，但借此機會探討一下它的來歷及其做法也不是沒有意義的。

相傳以前山東省有個封建官吏的壽辰，同僚及親朋好友都前去送禮致賀。其中有個官員家的僕人途中不慎跌了一跤，將麵條散落在地上，被泥土污染了。他既不能繼續前往，又不敢退回主人家，急得不知如何是好。忽然急中生智，迅速把麵條拿到自己家中過油炸了一遍，既沖洗掉了泥土，又使麵條生輝。待送上去後，在眾禮品中獨樹一幟，引人注目。當天就用它招待賓客。各位貴賓吃後異口同聲地大加稱讚。因這家官員姓「伊」，於是「伊府麵」

便揚名天下。現在南北各地以及海外華僑的許多餐館都會做伊府麵。另一種說法是：清朝乾隆年間（一七三六～一七九六年），福建省有個進士叫伊秉綬，任過揚州知府，喜歡北方麵條，做得特別好吃，傳播開去，別人就稱作伊府麵了。還有人說伊府麵為居住在東南亞的華僑首創。但不管哪種說法正確，它的流傳地域很廣，這是確定無疑的了。

其基本做法是：

原料：精白麵粉，鮮雞蛋，細鹽，鹼水，食油。另有輔助配料見後文。

1.用去殼打勻的雞蛋液代水和麵，放進少許鹽鹼（放鹽、鹼能使麵條有勁，也可不放），蓋上濕布讓其醒半小時，使麵筋形成筋力。將麵團軋製成一毫米厚的薄麵片，切成三四毫米的條子，提起來抖散，入開水鍋中煮八成熟撈出（過熟易爛），放冷水中漂淨黏湯，撈起瀝乾水分。

2.鍋中放進食油燒熱，入煮熟的麵條炸成金黃色，撈出瀝油。

3.倒出開油鍋的油，留少許底油，注入雞湯燒開，放進炸過的麵條蓋鍋燜煮片刻。如和麵時未加鹽的，煮時應同時放進適量細鹽，使入味。然後出鍋盛碗，每碗稍帶些原湯，再蓋上「澆頭」就行了。

這「燒頭」有各式各樣。例如：

1.用筷子挑上一點事先炒好的菠菜、青菜之類的家常菜，是普通的伊府麵。

2.若蓋上炒熱的蝦仁，就是「蝦仁伊府麵」。

3. 如用海參、雞絲、玉蘭片等燒成「三鮮」澆頭澆上去，即叫「三鮮伊府麵」。

4. 將雞片、腰片、肚片、筍片、香菇、蝦仁等原料分別炒熟，再混拌在一起，配成什錦澆頭，澆在麵條上，就稱為「什錦伊府麵」。

李紈愛吃茶麵子

尤氏到西府和大觀園裏去看望正在生病的王熙鳳和李紈，途中被小姑子惜春派來的人邀去議事，因話不投機，兩人吵翻了臉，便氣呼呼地走進李氏住的稻香村，只呆呆地坐著。李紈因問道：「你過來了這半日，可在別屋裏吃些東西沒有？只怕餓了。」說著便命素雲去瞧有什麼新鮮點心揀了來。尤氏忙止道：「不必，不必。你這一向病著，哪裏有什麼新鮮東西。況且我也不餓。」李紈道：「昨日他姨娘家送來的好茶麵子，倒是對碗來你喝吧。」說畢，便吩咐人去對茶。（七十五回）

這麵茶是用油炒製而成的，也叫油茶。它是我國北方兄弟民族中的一種美味食品，現在已在國內外傳播開來。麵茶的最大特點是香甜可口、能滋補強身而又攜帶和食用方便，只要將茶麵子放到碗裏對入開水攪拌一下就行。其製作方法也不複雜，實為我國古代的「方便食品」。

北京的好茶麵子是這樣做出來的：

一百碗的用料為麵粉五千克，牛骨髓油一千五百克（無牛骨髓油者可用奶油代替），白芝麻二百克，黑芝麻二百克，核桃仁二百克，瓜子仁一百克，白糖三千克，糖桂花五十克。

1.把麵粉入鐵鍋，用微火翻炒約半小時，見麵粉呈麥黃色時即熟，取出過細籮，仍放回原鍋。將牛骨髓油入另一鍋，在旺火上燒到將要冒煙的溫度，倒進炒麵鍋中拌勻。把芝麻炒出香味，核桃仁炒熟去皮並切碎，連同瓜子仁一起拌入炒麵中。

2.將糖桂花入碗，用二百五十克涼開水調稀備用。

3.吃時取適量茶麵子入碗，用滾開的開水沖調成糊狀，再撒上白糖、桂花汁即好。

它還有一種較簡易的做法：

備麵粉五千克，白芝麻二百五十克，芝麻油二百五十克，桂花一百克，白糖一千五百克。此亦係一百碗的用料。

1.將麵粉用微火炒熟，顏色發黃即止。過則味苦。

2.芝麻也炒成焦黃色。

3.把炒麵粉和芝麻、油、桂花混合一起拌勻，以無顆粒為度。

4.取適量茶麵子及白糖入碗，用沸水沖調，調勻即可。

李紈屋裏吃的好茶麵子，顯然是指前一種了。這種好茶麵子中因為核桃、黑芝麻和牛骨髓油等作料，是一種不可多得的營養滋補佳品，冬冷季節常吃有健腦、生髓、美髮及禦寒之功，即使在三九嚴寒之際出門活動，亦能減少寒風刺骨之感。

好茶麵子還打動過皇帝的心哩！雍正皇帝繼位後為了安撫百姓曾到黃河下游巡視河防，走到鄭州市西北一個叫武陟的小城鎮時，縣令吳世祿抓住這個獻媚新主子的好機會，決計要好好款待這個新萬歲，便苦費心機辦食品。有一位廚子做了一道油茶獻上，皇帝吃後倍加稱讚，吳世祿受到了重賞。在封建社會裏是「上有好者下必有甚焉」，於是「武陟油茶」名揚天下。這位吳大人看到有利可圖，遂在武陟縣城裏的西大街開起了油茶作坊，並令其夫人親自掌管經營，除年年向雍正進貢外，還利用這塊金字招牌對外營業，現在還遠銷港澳地區。西歐也有中國餐館用中國油茶招徠顧客。至於這「武陟油茶」的製作有什麼竅門？本人不得而知。曹雪芹的祖上是為宮廷操辦生活用品的親信官員，當然會知道油茶的好處，所以書中就出現了油茶，並讚其為「好茶麵子」，是確有客觀依據的。

由於油茶有這樣大的名聲，住在我國北方的一些漢族居民家裏也時有仿製，不過用料沒有那麼講究，一般只是用豬油炒麵粉，待冷卻後拌入芝麻、白糖或蜜餞等輔料，裝在防潮的罈子裡蓋好，需要吃時隨即沖服，甚感方便。若是願吃鹹的，也可去糖加鹽。

賈政卻喜麵茶香

有一年中秋節後，賈政帶領寶玉、賈環、賈蘭這叔侄三人到友人家去「尋秋賞桂花」，臨行前賈政吃了麵茶，並叫寶玉他們三人也都吃了麵茶（七十七回）。

清朝的飲食習慣是一日兩餐，所以反映在《紅樓夢》裏也是每天只吃兩頓飯。現在賈政等一行四人一大早就出門趕路，故先吃碗麵茶墊飢。

麵茶是北方人用黃小米粉做的一種粥類食物，以前在北京市場上很受歡迎。但在那場史無前例的浩劫中也蕩然無存，直到一九八五年十月才在崇文門外的錦芳小吃部又重新露面，吸引了許多老北京前往品嘗。

麵茶的具體做法是：

原料（一百碗）：黃小米粉五千克，芝麻油五百克，芝麻醬一千五百克，芝麻二百五十克，花椒五十克，精鹽四百克，薑粉五十克，鹼麵七十五克。

製法：

1.將芝麻揀淨洗清，用微火炒熟。精鹽、花椒分別用微火焙乾。將一半熟芝麻軋碎、花椒軋為細末，與精鹽二百五十克共同拌和，製成芝麻椒鹽（未軋的一半熟芝麻也拌入）。

2.把芝麻油燒到八成熱，倒入芝麻醬調勻。

3.鍋中放涼水二千二百克，入鹼及所剩的那一百五十克鹽，在旺火上燒到八成沸時，將黃小米粉用八千克涼水調勻，倒在鍋裡不斷攪動，以免糊底。燒沸後改微火，再熬十五分鐘，見呈黃色的稠粥時盛出，在微火上保溫。

4.吃時將粥入碗，上淋滿芝麻醬，再撒上一些芝麻椒鹽及薑粉即好。要熱吃。

另一種做法是：

原料：

黃小米粉五千克，芝麻醬二千克，芝麻油二百五十克，芝麻仁五十克，鹽一百五十克，鹼二十五克，薑粉少許。

製法：

將芝麻炒熟軋碎，鹽烤乾軋細，與芝麻粉拌在一起。把小米粉調成稀糊，鍋中放四千五百克水燒開，入薑粉、鹼麵、再倒進麵粉糊，邊倒邊攪，開鍋後盛出。

用芝麻油調稀芝麻醬。吃時先將麵茶入碗，淋上芝麻醬，撒上芝麻鹽即可。

如意糕與合歡湯

在「寧國府除夕祭宗祠」時，賈母率領闔家老小祭過祖宗，便回到榮國府接受眾子侄、媳婦及奴僕家人的參拜。待擺上合歡宴來，男東女西歸坐，獻屠蘇酒、合歡湯、吉祥果、如意糕畢，賈母起身進內間更衣，眾人方各散出（五十三回）。

按照我國古代的傳統習慣，每逢過年時都要用表示吉利的形式把生活環境裝飾起來。尤其是那些富貴人家及名門望族，需要請求神的保護，更加崇尚這套習俗。譬如要在神像上方掛起「天官賜福」，臥榻床頭貼上「身臥福地」，放錢的櫃子上寫著「黃金萬兩」，房頂處懸起「吉星高照」，庭院裏則是「滿院春光」；另外還要在各處貼上「百事如意」、「大吉大利」、「見面發財」、「出門見喜」等等條幅；連馬車上也得貼上「日行千里」，而馬棚、牛欄、雞舍、豬圈之內要有「槽頭興旺」、「六畜安寧」；至於人們的衣著和首飾上則是滿戴著福、祿、壽、喜及「長命百歲」等字樣。那麼在飲食方面應如何呢?當然也不能是空白點。這如意糕、吉祥果、合歡湯等等名稱即由此而來。不過過年時那些有錢人家都要另設豐盛的宴席，是沒有人認真地吃這些糕、湯之類的小食品的。之所以要安排這類小食品純粹是為了討口彩、圖吉利，預祝來年闔家歡樂，吉祥如意。

如意糕是利用麵粉或者糯米粉做成的，但不管用什麼原料都必須能顯示出兩種顏色，才能做出如意圖案。以麵粉為例：

用二千克麵粉製成發酵麵團，揉進白糖四百克（也可把白糖先溶解於和麵水中）。先取一半揉勻揉透，軋成長方形的薄麵片；再將另一半用色素染紅，揉好，軋成同樣長度的麵片，但其寬度宜略小一點，並把它疊放在第一張麵片上，撒上乾鮮餡料（如核桃仁、松子仁、瓜子仁、火腿末、蜜餞、糖玫瑰、糖桂花等，可任選一種或數種放入）。然後由兩邊向中間捲攏，至中心線碰頭，靠緊，將麵捲翻身，切成二十個或四十個小捲子，使橫斷面朝上豎立在蒸籠裏，入沸水鍋中蒸熟。這時從捲子的上面俯視，捲子中的花紋是大圈套小圈，這就是如意圖案，故叫如意糕。

如不用色素，也可用紅糖或黑芝麻屑染色。還可用一千克精白麵粉與一千克標準麵粉分別發酵，如上法製作，同樣能夠做出如意糕來。

過年時吃吉祥果的風俗由來已久。在宋朝時叫作「消夜果子」。其品類以水果、蜜餞為主，麵食製品為副。果子上有雕刻的、模壓的或者印上去的表示吉祥的圖案、花紋、字句等等，也有的在果盤上附蓋令人喜悅的飾品，以祝願大吉大利。

至於那個合歡湯，也是徒具形式的一種食品。取幾樣食料燒碗湯，全家合吃這碗湯，就謂之合歡湯。

美味菜肴

姥姥初嘗鴿子蛋

在《紅樓夢》第四十回裏，史太君兩宴大觀園時，上的第一道菜是鴿子蛋。劉姥姥不認識鴿子蛋，誤認為榮國府裏養的雞也特別俊俏，生的蛋才這麼小巧。王熙鳳存心要捉弄劉姥姥，笑道：「一兩銀子一個呢，你快嘗嘗罷，那冷了就不好吃了。」這雖然是取笑的話，但也確實反映出這道菜的身價不凡。

鴿子蛋能補腎益氣，適用於腎虛引起的腰膝酸軟、頭暈等症。又加之鴿子的產蛋率不高（每月下一對，有時還停產），所以在封建社會裏是公卿王侯之家的席上珍品。賈母乃年邁之人，自然是少不了吃鴿子蛋的。

鴿子蛋的烹調方法很多，單是賈寶玉的故鄉江蘇省內就有所謂三鮮鴿蛋、明月鴿蛋、虎皮鴿蛋、銀耳鴿蛋等等許多名色。但經反覆比較，上述各種名目的鴿子蛋都與書上的描寫不大相符，似乎很像袁枚在《隨園食單》中所說的那種煨鴿蛋。

袁枚，祖藉浙江，久居江蘇，出生於清朝康熙五十五年（一七一六年），在乾隆三年中舉，次年又考上進士，曾做過四個縣的縣令，因很有文才，故能在江浙一帶廣交社會名流。他有個愛好，就是講究飲食，善於品味，當在那些達官貴人家吃到名菜佳點往往銘記在心，事後親自派轎子把廚師接來家中獻技，或者乾脆命自己的家廚「執弟子之禮」前去學習。積四十年之經驗，頗集眾美，於乾隆五十七年在南京的住所隨園之中編成《隨園食單》一書，收載了大江南北的各類菜點三百餘款，代表著富貴人家的一代食風。所以《隨園食單》可以做為探討紅樓夢飲食的重要參考，當然不應該是唯一參考。清朝成書的飲食專著有多種，要互為參照才能力求接近於實際。

袁枚記載的做煨鴿蛋的方法為：

「取鴿蛋三十個，煮微熟，去皮，用雞湯加作料煨之。鮮嫩絕倫。」

至於此菜用三十個鴿蛋，那是指宴席大菜，今日的讀者自然不需照搬。鴿蛋很難買到，一般說來每位客人能吃到兩個也就相當不錯了。

秦氏病飲燕窩湯

東府賈珍的兒媳婦秦可卿臥病不起，婆婆尤氏前去探望，看著她吃了半盞燕窩湯（第十回）。

黛玉和寶玉生病時也都吃過燕窩湯（八十三回，八十九回）。

我國食用燕窩的歷史可追溯到一千二百年以前。《中國烹飪》一九八二年第一期載文稱：唐朝的女皇帝武則天喜歡吃燕窩湯，有一次宮廷御廚為了適應她的愛好，特用大蘿蔔切成細絲做了一道美味可口的湯菜，武則天吃後很滿意，賜名叫「假燕菜」。不過在一千多年的歲月中燕窩的食用範圍一直很小，到了清朝才得到較為廣泛的食用。

乾燕窩像用細粉絲編成的一個凹形薄亮，有白、紅、黑三種顏色。白色是金絲燕第一次修築的窩，含雜質少，質量最優，叫做官燕。當這第一次做的窩遭到破壞後，它要第二次第三次地重築，內含血絲及雜物，就呈紅色或黑色了。這是區別燕窩好壞的重要標誌。我國燕窩的主要產地在廣東省的懷集縣及海南島方寧縣。由於國內產量不多，需要從東南亞的一些國家進口一部分應市，故而市場上常常缺貨。清朝的文學著作《鏡花緣》第十二回中曾說到南亞某國燕窩甚多，價格低廉。

飯店裏做燕窩湯，通常是將燕窩漲發洗淨後，用雞湯和相應的輔料調味，然後上桌。這種做法只適用於宴席大菜，是不能給秦氏、黛玉、寶玉這般病人食用的。他們的飲食都少而精，吃不下一大碗湯，所以作者只讓秦可卿「吃了半盞燕窩湯」。所謂盞，就是比較淺而小的平底碗。本著這一精神，此湯似應這樣做：

將乾燕窩漲發後（漲發方法見前文《燕窩滋陰富營養》），輕輕地撕開撥散，放到小蓋碗裏，少加點湯水，上加適量碎冰糖末，入籠蒸或者隔水燉。開鍋後再燒十幾分鐘即可出鍋，送給食者服用。這樣的燕窩湯汁濃味重，效果更佳。

燉肘子與糟鵝掌

賈璉的奶娘到他屋裏來討情，想給自己的兩個兒子找個掙錢的差使，正趕上他夫妻二人吃飯，便都忙著讓吃酒。熙鳳又向平兒道：「早起我說那碗火腿燉肘子很爛，正好給媽媽吃，你怎麼不拿了去趕著叫他們熱來。」（十六回）

肘子是北方方言，南方人叫蹄膀，就是豬的前後蹄靠上肢的一段精肉。此部位瘦多肥少，味道鮮美，南北各地都常選作上宴席的大菜。江浙一帶歷來富庶，做這道菜時還常輔之以金華火腿，取名叫金銀蹄或者金銀蹄膀。因為鮮豬肉熟後皮為銀白色，火腿是金黃色，同時桌面上有金有銀又像徵著吉利，故而得名。曹雪芹寫書時已遷居北京三十多年，就用了肘子一詞，實際上仍是指的南方菜。這道菜在江南流行較普遍，各地做法當然不會一致，為求正宗，現取火腿之鄉浙江省的方式：

金銀蹄膀

原料：火腿一段約四百克，鮮豬肉後蹄膀一隻約一千克，小菜心四棵，葡萄酒七十五克，白糖二十五克，精鹽二克，味精五克。

製法：

1.將火腿及鮮肉刮洗乾淨，同入沸水鍋中煮三分鐘，取出洗淨。

2.取砂鍋一只，用小蒸架墊底，放進火腿及鮮肉，加入葡萄酒，清水適量，在旺火上燒開後撇入白糖，再移至微火上燉。待八成熟時撈出，剔去骨頭，再放入鍋中繼續燉。等到酥熟後取出火腿，先對開切，再橫切成厚約五毫米的薄片待用。

3.砂鍋中放鹽、味精，燒約十分鐘後將鮮肉盛入碗裏，點綴上煮過的小菜心，將湯汁徐徐倒入，再將火腿片蓋在蹄膀上即成。

王熙鳳說她屋裏的這道菜很爛，但上述做法火腿可能仍有不很爛之虞。因火腿有新陳之分，陳火腿若要達到易爛的目的，宜在下鍋前放冷水裏浸泡數小時，讓它吸收點水份。

在江南一說到這個「燉」字，人們往往就想到是用砂鍋燉。砂鍋燉肉是古代遺風。在沒有發明鐵器以前，我國的先民們就是用砂鍋、陶罐蒸煮食物的。在長期的實踐中人們感到用陶器燉肉比鐵器好吃，加之又有陶都的幾家窰廠連年不斷地燒製陶瓷炊具，這一古風便代代流傳至今。但是我國有許多地方現不用砂鍋，做這道菜又遇到了難題。其實用鐵鍋燉也是可以的，不能被一只砂鍋束縛住自己的手腳。

薛姨媽一家進京不久，寶玉和黛玉都來看望寶釵，姨媽留下他們吃飯。寶玉因誇前日寧國府珍大嫂子的好鵝掌鴨信，姨媽聽了，忙也把自己糟的取了些來與他嘗（第八回）。鴨信就是鴨舌頭，這是江蘇至山東一帶的方言。如農民見蛇行吐舌，就謂之蛇吐信。糟鵝掌鴨信做法：

原料：鵝掌十個，鴨舌十條。

調料：香糟二百五十克，細鹽、麻油少量。

1.將鵝掌鴨舌洗淨，投入開水鍋中略煮幾滾立即撈出，再用冷水刮洗，斬掉爪尖，片去掌跟老皮。鍋中換水，放進掌舌蒸或煮皆可，約半小時取出，進冷水盆中過涼。去除舌根骨，修理整齊；再用小刀順著掌中骨節延伸的地方劃開，剔出骨節。若要使肉質軟爛一些，還可再蒸煮一次，使之熟透。

2.把香糟入盆，加進二百五十克黃酒及二百五十克冷開水，並加進適量細鹽，將香糟捏碎，攪拌成稀糊狀，用紗布過濾到另一盆中，即取得了「香糟汁」。拿過掌舌放進糟汁中糟之，六個小時後可吃。切細裝盤，淋上麻油上桌。

這香糟多在南方諸省應用，別的地方不易買到。這又是一個難題。可以考慮用江蘇省產的糟油拌食。糟油便於攜帶，賈府本來就喜用糟油，老太太吃的那茄鮝也是用糟油拌的（四十一回）。糟油的使用與醬油相仿，只是鹹度不太大，糟拌時可另外再加點鹽。這是一道下酒菜，稍鹹一點吃起來才能津津有味。

宴請貴妃蓮葉羹

賈寶玉被其父親打了個皮開肉裂，睡在炕上不能動彈，老太太、王夫人及薛姨媽都來看他。王夫人問想吃什麼，寶玉笑道：「也倒不想什麼吃，倒是那一回做的那小荷葉兒小蓮花兒的湯還好些。」賈母聽到，便一迭聲地叫人去做（三十五回）。

這是去年貴妃賈元春歸省時吃過的一道湯菜，需用銀質湯模子將濕麵皮子軋製出如同豆子大小的若干花形，再配以好湯燒製的，因還要「借點新荷葉的清香」，故名曰蓮葉羹。

可是現在市面上看不到這種食品，清朝的一些食譜、食單中也未見有類似的記載，於是有的讀者就懷疑這蓮葉羹可能是作者虛構的，是不真實的。

其實不然，宋朝人林洪寫的飲食專著《山家清供》中有一種叫「梅花湯餅」的食品，與蓮葉羹就頗有相似之處：

「浸白梅、檀香末水和麵，作餛飩皮，每一疊用五出鐵鑿如梅花樣者鑿取之。候煮熟，乃過於雞清汁內。每客止二百餘花。」

我對這段文字的理解是：

1.宋朝人用浸過白梅和檀香末的水和麵，是為了使「梅花湯餅」中有白梅和檀香的味道，今天如果做蓮葉羹，可考慮用新荷葉的汁水和麵，這樣不但有荷葉的清香，而且會有荷葉之碧綠，豈不是能做出「貨真價實」的蓮葉羹！

2.每一疊餛飩皮要「用五出鐵鑿如梅花樣者鑿取之」。此語似含兩層意思：⑴鐵鑿子每次可鑿取五朵麵花；⑵要選用「梅花樣」的鑿子，這說明鐵鑿子的花形有多種式樣，而賈府的湯模子也是有許多花樣，所以湯模子可能就是鐵鑿子的延續和發展。

3.梅花湯餅煮熟後要過於雞清汁中調味，這與蓮葉羹的用料完全相符：王熙鳳聽到賈母的話後令一婦人立刻拿了幾隻雞去做湯。

4.一碗湯餅中竟有「二百餘花」，說明宋朝人打的鐵鑿子已經是非常精巧細緻的了，清朝人比照此法打出湯模子的事是不用懷疑的。

根據以上分析，我認為蓮葉羹不是憑空虛構的，今天要展現它的面貌也是不困難的，其中的關鍵問題是要先打製金屬湯模子。

它可以是下飯的湯，也可作為點心，以投入的麵花多少而區分。

招待姥姥用茄鮝

劉姥姥二進榮國府時，賈母命熙鳳用茄鮝餵她。姥姥吃了兩口，味道甚佳，便請教說：「告訴我是個什麼法子弄的，我也弄著吃去。」王熙鳳笑道：「這也不難。你把採下來的茄子把皮刮了，只要淨肉，切成碎釘子，用雞油炸了，再用雞脯子肉並香菌、新筍、蘑菇、五香腐乾、各色乾果子，俱切成釘子，用雞湯煨乾，將香油一收，外加糟油一拌，盛在瓷罐子裏封嚴，要吃時拿出來，用炒的雞瓜一拌就是。」劉姥姥聽了，搖頭吐舌說道：「我的佛祖！倒得十來隻雞來配它，怪道這個味兒！」（四十一回）。

這一段生動的描寫道出了兩個問題：

一、這是一道非常費工又費料的稀奇菜肴，劉姥姥已被嚇得搖頭吐舌了，而王熙鳳看來卻是「這也不難」，一幅「富家一席酒，窮人半年糧」的真實寫照展現在了讀者的面前。

二、王熙鳳的敘述似已基本交代清了它的製作過程。

但有些讀者在舊有的菜譜、食單中找不到類似的先例，也懷疑這可能是作者杜撰。

我覺得似乎不能這樣說。

「鮝」字乃是浙江省的方言。舟山群島是我國的著名漁場，但由於古代沒有冷凍設備，這裏的漁民歷來有晒魚乾的習慣，並把乾魚稱作鮝。據《夢粱錄》卷十六記載，南宋京城臨安（今杭州）的市場上「鮝鋪不下一二百家」。煨字亦是浙江方言，袁枚在《隨園食單》中使用過數十次之多。

浙東及寧波一帶有一種菜肴叫「瓜鮝」，而瓜與茄是相近的塊狀蔬菜，茄鮝可能即由瓜鮝演變而來。

茄鮝需要用糟油拌，而糟油的最早發源地是在浙江，以後才發展到江蘇境內。曾任過杭州織造的孫文成與曹雪芹家有姻親關係，與江寧織造、蘇州織造又有頻繁的業務往來。如借用《紅樓夢》中的話來形容，三家織造府之間「皆連絡有親，一損皆損，一榮皆榮，扶持遮飾，俱有照應的」（第四回）。故而曹家有機會熟悉浙江食品。

根據以上各點，我判斷「茄鮝」很可能是浙江的一道地方風味菜，由於曹雪芹家的特殊地位，在做這道菜時用料講究，做工細膩，於是將它寫到書中就使讀者感到生疏了。

我認為做這道菜的程序似可按書中的敘述去實踐，現只把有關糟油的製法列後。

清朝初期浙江人顧仲編著的《養小錄》一書中介紹了配製糟油的三種方法。

一、糟油

作成甜糟十斤，麻油五斤，上鹽二・八斤（即二斤半），花椒一兩，拌勻。先將空瓶用稀布紮口貯甕內，後入糟封固。數月後，空瓶瀝滿。是名糟油，甘美之甚。

說明：甜糟即今日稱之甜酒釀，北方叫糯米酒。

貯甕內的空瓶應是肚大而矮者，否則瀝出的糟油無法自流灌入也。

二、浙中糟油

白油甜糟（用不榨者）五斤，醬油二斤，花椒五錢，入鍋燒滾，放冷濾淨，與糟內所瀝無異。

說明：用這種方法做出的糟油可大大縮短時間，質量與第一例無多少差異。

白油甜糟即拌入芝麻油的甜酒釀。油與糟之比可參考第一例。

三、嘉興糟油

十月白酒內，澄出渾腳，併入大罐，每斤入炒鹽五錢，炒花椒一錢，乘熱撒下封固。至初夏取出，澄去渾腳收貯。

說明：「十月白酒」指陰曆十月裏做成的甜酒。

「澄出渾腳」是濾去酒糟，需壓榨過濾。

上文中用鹽和花椒的數量皆指清朝十六兩制的老秤，每斤折合今日之五九六．八克，一錢約合三．七三克，一兩為三十七．三克。

到了清朝乾隆年間，江蘇太倉縣有個名李梧江的商人，家中辦有釀造作坊，本人又善於研製食品，造成了另一種風味的糟油。是將甜酒釀榨汁後配入丁香、官桂、玉竹、白芷等二十多種天然植物香料，再摻入糟油底子（即陳糟油），密封貯存，一年以後開缸出售。太倉糟油問世雖晚，但由於配料豐富，竟後來居上，早在乾隆年間成書的《隨園食單》就曾讚曰：「糟油出太倉州，愈陳愈佳。」

但浙江糟油中含有較多的芝麻油，似乎各有其長處。

糟油的使用與「香糟汁」相彷彿，即凡是能用香糟汁糟醉的葷素菜肴，冷拌或熱炒，多可用糟油代之。它的應用範圍也有能替代醬油的地方，譬如做冷盤或者吃麵條、小餛飩等等，佐以糟油就勝過醬油。賈府裏吃的那糟鵪鶉，可以用香糟汁糟，也可以用糟油拌。

野雞燒得滾滾熱

賈府吃野雞是很多的，如有一次寶玉的奶娘在大罵襲人，王熙鳳從前面聽見忙來勸解，拉了她笑道：「我家裏燒的滾熱的野雞，快來跟我吃酒去。」（二十回）又一次王熙鳳在四小姐惜春屋裏找到賈母，笑道：「已預備下稀嫩的野雞，請用晚飯去，再遲一會就老了。」（五十回）為適應賈府吃野雞的需要，庄頭烏進孝年終來交年租年禮時，一次就送上了四百隻野雞（五十三回）。

賈府對野雞如此感興趣有多種原因：

一是野雞味美。由於它的活動範圍大，食料廣泛，又常吃活食，得到的營養豐富，故野雞更比家雞香。俗話說：「寧吃飛禽四兩，不食走獸半斤。」就是人們對野生禽類的讚美。

二是野雞還有養生保健之功，主要是能益脾胃，補肝腎。

野雞的烹調方式無需特殊技術，按照加工家雞的程序紅燒、清燉、油炸、罐子燜、燒湯等等皆可。賈寶玉的故鄉江蘇省內有一道名菜曰「清燉二雞」，是以野雞、嫩母雞為主料，配合冬筍、火腿、淡菜等加適量調料燒成的。野雞肉少脂肪，由於二雞同燉，互相取長補短，產生了複合香味，別具一格，值得參考。

需要注意的是，野雞在夏秋時節吃的「活食」中也有毒蟲，能間接造成對人體的危害。所以只有到隆冬季節吃野雞才最為合適。

賈母陪劉姥姥逛大觀園時感受了風寒，臥床不起。請了王太醫來診脈，說：「不用吃藥，不過略清淡些，暖著一點兒，就好了。」（四十二回）又過了一日，王夫人來請安，賈母道：「今日可大好了。方才你們送來的野雞崽子湯，我嘗了嘗，倒有味兒。又吃了兩塊肉，心裏很受用。」王夫人笑道：「這是鳳丫頭孝敬老太太的……」（四十三回）「崽」是北方方言，就是當年孵出來的雛雞，南方人叫仔雞、童子雞。肉質鮮嫩，易於消化。

按照王太醫的「醫囑」及賈府的食規，做這道菜似應注意以下幾點：

1.要清淡，不可搞得太油膩。但野雞本身脂肪不多，也需少放點油。

2.要有醫療之功。燉湯時除用鹽外，還必須放薑片和黃酒，以便疏散風寒。

3.此菜意在喝湯而不在食肉，所以得用好湯代水，並用文火久燉，燉至極爛。按民間習俗，最好將野雞切塊後裝在陶器罐子中，外用穀糠團團圍住，深及罐腰，點燃後緩緩焚燒，不可挑撥，連煨半天。罐口用綿紙封固，不使走氣太多（也不能密不漏氣，以防炸裂）。開罐後滿屋飄香，誘人食欲，且醫療之功更甚。

4.據《隨息居飲息譜》稱：野雞不可與蕎麥、核桃、木耳、菌類植物同食。應在隆冬季節食野雞，夏秋微毒。

賈母聽說剛才吃的「野雞崽子湯」是王熙鳳孝敬的，非常高興，點頭笑道：「若是還有生的，再炸上兩塊，鹹津津的，吃粥有味兒。那湯雖好，就只不對稀飯。」熙鳳聽了連忙答應，命人去廚房傳話（四十三回）。

做此菜似應掌握以下要點：

1.即然主人要求「鹹津津的」，就應該比平時的菜肴搞得稍鹹一些。

2.仍應是當年產的「仔雞」。賈母說的「炸上兩塊」顯然是指雞脯處的肉，而不是腿肉。雞腿肉厚，不易炸透。

3.先將雞肉切塊，用黃酒、細鹽、醬油及蔥薑拌醃，抓捏均勻，置碗中「養」之，待其入味。

4.用薄芡汁或雞蛋清「著衣」，入油鍋炸熟。先燒熱油鍋下料，即轉小火慢炸，以免外焦裏生。

太君進補蒸羔羊

有一次寶玉與眾姊妹們在史太君屋裏吃飯，上的頭一樣菜是牛乳蒸羊羔。賈母說：「這是我們有年紀的人的藥，沒見天日的東西。可惜你們小孩子們吃不得。」（四十九回）

我國很早就把羊羔視為滋補佳品。賈府用的竟是「沒見天日的東西」，就是剖腹取出的羊羔，那就更高級了。

據《本草綱目》記載：隋朝的大總管麻叔謀有次患病，煬帝令宮廷太醫去診治。醫生看過病後叫他用藥物蒸食羊羔，結果非常靈驗，還未吃滿一個療程病就好了。又據《隨息居飲食譜》稱：「羊肉，甘溫。暖中，補氣，滋營，禦風寒，生肌健力，利胎產，癒疝，止痛。肥大而嫩、易熟不膻者良，秋冬尤美。與海參、蘆服（即今日之蘿菔）、筍、栗同煨，皆益人。」

因羊羔有這樣大的功效，所以人們不但蒸食，還用其釀造補酒，謂之羊羔酒。宋朝將它列為宮廷御酒，但也有市售，每瓶價值八十一文，比當時用銀瓶裝的高級酒還貴一些（見《武林舊事》卷第三，《東京夢華錄》卷之二）。

羊羔的蒸法很多。宋朝的黃庭堅、蘇東坡等文化人士喜用杏酪蒸羊羔，為取補氣潤肺止咳之功。而另有一些婦人則愛吃當歸生薑蒸羊羔，以收溫裏散寒活血之效。但現在還不能斷定賈府用的是何種方法，今天只能就其可能性進行些探索。

老太太說「可惜你們小孩子們吃不得」。如果這是一道美味食品，小孩子怎麼會吃不得呢？顯然是用了一種不尋常的蒸法，小孩子吃了有危害。我國的醫學觀點認為「人參補氣，羊肉補形」，如果用人參燉羊肉可以互補，功力更加卓著。賈府是喜歡吃人參的，我們就暫且假定這「牛乳蒸羊羔」中配有人參吧。

做法：

將初生的羊羔治淨，取淨肉切塊入碗，加入適量人參（要遵醫囑，不可亂用），再入牛乳代水，入鍋蒸之。要蒸極爛，吃時「以匙不以箸」——這是黃庭堅的蒸法，就是要把羊肉蒸到用筷子挾不起來的程度，只能用湯匙進食。回顧賈寶玉當時急得連連催飯，而廚房就是遲遲不送飯來，說明賈府蒸羊羔也是用了很長的時間的。

但人參和羊肉都是大熱之品，又是大補之品，只適合需要進行溫補的老年人服用。氣血充盛的青少年，陰虛內熱的中老年，正在行經的婦女以及高血壓患者等等，均不可貿然食之。若強食，必受其害。賈母告誡小孩子們吃不得，可能即指此而言。

這裡順便說一下：曹雪芹的祖父感受了風寒，這本不是什麼大病，結果竟沒有能治好，不幾天，即命歸黃泉。康熙皇帝得知其病情後做了如下的「批示」：「曹寅原肯吃人參，今得此病，亦是人參中來的……」可見人參之利雖可取，但其弊也不可不察。

素食涼拌酸筍湯

有一次芳官走到廚房的院門前說道：「柳嫂子，寶二爺說了，晚飯的素菜要一樣涼涼的酸酸的東西，只別擱上香油弄膩了。」（六十回）

寶玉要這道菜時是初夏季節，各種素菜尚在田間成長之中，可供取用的品種只有初生的嫩黃瓜，南方謂之乳瓜。寶玉又不叫用油，所以這道菜沒有多少選擇的餘地，似宜做「糖醋黃瓜」：

將嫩黃瓜洗淨，切薄片入碗，用細鹽拌醃片刻。黃瓜遇鹽會醃出水來，壓榨去水，再拌入適量的糖醋即可。

薛姨媽進京後寶玉去看望，姨媽留飯，除拿出糟鵝掌鴨信等南方風味的菜肴招待，還做了酸筍雞皮湯，寶玉痛喝了兩碗（第八回）。

作者安排這道菜有兩層意思：

一、酸筍是西南地區各省人民喜歡吃的一種素菜，不但在「京都」是罕物，即使在江南也是少見的，姨媽能用這種稀有食品款待寶玉，說明她對寶玉的特別喜愛。

二、寶玉來時他的奶娘也跟來了，一再阻擋寶玉吃酒，怕他吃醉了自己要受責備。可是寶玉在黛玉的縱唆之下偏不聽她的勸說，竟大吃大喝起來。因酸湯能解酒，薛姨媽就做了酸湯為他解酒。寶玉也深知姨媽的用意，於是就「痛喝了兩碗」。

現在要做這道菜有一個最大的難題，就是許多地方的讀者都難以買到酸筍。所以我設想宜採用兩套方案：

1.有酸筍的地方可以用酸筍、雞皮，再佐以時鮮蔬菜，用好湯代水，按常規燒出一道美味可口的真正的酸筍雞皮湯來。

2.在沒有酸筍的地區，可以考慮用鮮筍或玉蘭片代之，配上雞皮和時鮮蔬菜，燒出一道湯來。湯中要放適量的醋以增加酸味。

雞皮指雞胸處的肉，形似皮。通常要用熟的。

熙鳳吩咐炸鵪鶉

王熙鳳的婆婆邢夫人把她召去商量為老公公納妾的事，王熙鳳對婆婆說：「方才臨來，舅母那邊送了兩籠子鵪鶉，我吩咐他們炸了，原要趕太太晚飯上送過來的……」待議完事回到自己屋裏，便叫平兒去通知廚房炸鵪鶉（四十六回）。

《詩經》曰：「鶉之奔奔。」《禮記》中亦稱「鶉，為上大夫之禮。」這說明我國早在兩千多年以前就認識到鵪鶉的食用價值，並把它列為非常高貴的禮物，只有貴族階級才有權享用。王家和賈家都在公卿王侯之列，有食鵪鶉的資格，但是對一種美味食品想用法律手段限制平民百姓食用是辦不到的，民間也有食鵪鶉的機會，並一向有「要吃飛禽，天上鵪鶉」之說。

食鵪鶉不僅是享口福，還在於它有很好的醫療保健之功。唐朝名醫孟詵在《食療本草》中說鵪鶉能「補五臟，益中續氣，實筋骨，耐寒暑，消結熱」，並說，「四月以後及八月以前，鶉肉不可食之」。清朝人寫的《隨息居飲食譜》稱鵪鶉能「和胃，消結熱，利水，化濕，止疳、痢，除膨脹，癒久瀉。」據現代醫學證實，鵪鶉及鵪鶉蛋對人的大腦及中樞神經有很好的補養作用，被譽為「動物人參」。

鵪鶉有如此大的功效，難怪歷代皇帝和貴族都把它視為珍品了。例如隋朝的皇帝喜吃「香脆鶉羹」，而唐朝的皇帝則讚賞「炙活鶉子」（均見宋人陶谷寫的《清異錄》）。到了宋朝從宮廷御宴到民間食肆都不乏鵪鶉食品。如紹興二十一年（西元一一五二年）十月，清河郡王張俊設家宴招待宋高宗，進獻的食品有花炊鵪子、鵪子羹、鵪子水晶膾、炙鵪子脯。而市售的有筍焙鵪子、清竄鵪子、八糙鵪子、蜜炙鵪子。（見《武林舊事》、《夢粱錄》）

鵪鶉的食用價值現已引起國際上的廣泛興趣，法國、日本、朝鮮、加拿大、義大利等國都有專門的飼養場，並有相應的研究機構。香港的鵪鶉養殖行業也很興旺。

鵪鶉的炸法很多，現取兩款：

一、生炸鵪鶉

將鵪鶉宰殺後治淨，切丁，用黃酒、細鹽、白糖、蔥薑汁等拌醃，並用手抓捏，以利調料入味。裹濕澱粉入油鍋炸熟。

二、香酥鵪鶉（即熟炸鵪鶉）

將鵪鶉肉切片或切丁入盆，用黃酒、醬油、細鹽、白糖、蔥薑汁、五香粉拌醃一兩個小時，待入味，送進沸水鍋中用大火蒸十幾分鐘，使斷生。取出晾涼，用濕澱粉裹衣，入熱油鍋中炸兩遍。要小火慢炸，使外焦裏嫩。出鍋後連同一小碟花椒鹽一起上桌。

從上文可以看出，《食療本草》告誡人們不要在四至八月之間食鵪鶉，而賈府和宋高宗吃鵪鶉的時間又都在九月以後，看來古人的這條飲食規律值得重視，即在夏季應停食鵪鶉。

蘆雪庵裏鵪鶉香

有一年冬天，北風呼嘯，大雪紛飛，一夜之間把大觀園打扮成了一個琉璃世界。寶玉和眾姊妹們便去蘆雪庵飲酒、作詩、賞梅花，熱鬧非常。老太太也坐著小竹轎前來尋樂，探春另拿了一副杯箸來，親自斟了暖酒奉與賈母。賈母便飲了一口，問那個盤子裏是什麼東西。眾人忙捧了過來，回說是糟鵪鶉。賈母道：「這倒罷了，撕一兩點腿子來。」李紈忙答應了，要水洗手，親自來撕（五十回）。

遇雪開宴，吟詩詠曲，原是古代文人的雅興。此風在宋朝尤為盛行，《東京夢華錄》和《夢粱錄》均有記述。賈府的這一批脂粉香娃吃飽了飯沒事幹，就效法起古人的遺風來了。

「糟鵪鶉」是一道南方風味菜。基本操作程序可分兩個步驟：

第一步，製熟。將鵪鶉宰殺後洗淨，切成大塊，放入鍋中煮。鍋中應加適量黃酒、鹽及拍鬆的蔥薑，使之在煮的過程中就能吸收到一點調味料。見熟即出鍋，不要久煮，以防變「老」。

但水煮會使鵪鶉體內的部分鮮味落入湯中，所以也可考慮用籠蒸：將洗淨切好的鵪鶉入盆，加黃酒、細鹽、蔥薑汁拌醃片刻，送入籠裏蒸熟。

第二步，浸糟。將香糟入碗，用黃酒調稀。糟與酒之比通常在一比三左右。如不用黃酒，改用蒸煮鵪鶉的熟湯或雞湯也可。把香糟調製為稀薄的糊狀後，加入少許鹽、糖，待糖溶化即用紗布過濾出香糟汁。糟汁之用量，相肉而行，以能覆蓋住肉面為度。取過製熟的鵪鶉浸入香糟汁中，加蓋存放入冰箱或陰涼處，浸糟五六個小時即可吃了。

香糟是用酒糟配製的，只有在喜吃糟食的江南地區才能買到，而且也不常年有售。這樣對大部分讀者來說就很難辦了，因此也可考慮改用「糟油」代之。糟油與香糟有共同之處。它雖然也是江浙一帶特有的調味品，但易於攜帶，常年應應，愈陳愈佳，買回去就可開瓶使用，要方便得多了。賈府給劉姥姥吃的「茄鮝」就是用糟油拌的，所以用糟油代替香糟並沒有離開賈府的食風。糟油的使用與醬油相仿，只要稍澆上一些拌一拌就行了。

湘雲擇設螃蟹宴

大觀園裏的一批公子小姐們閒得無聊，便商議結了個「海棠詩社」。史湘雲得知後喜之不盡，便和薛寶釵商量擺設一次螃蟹宴，宴會後賞菊題詩（三十七至三十九回）。

這次宴請是經過精打細算的，是比較節儉的。然而仍吃去了七八十斤籠蒸清水大螃蟹。據劉姥姥估計得花二十多兩銀子，感嘆說：「這一頓的錢夠我庄稼人過一年了。」

蟹肉營養豐富，味道極佳，並能散淤血、通經絡、續筋接骨，故歷來受到人們的推崇和讚賞。大江南北的螃蟹自隋朝起（五八一～六一八年）就是向皇帝獻禮的貢品，聲望更高。

從形式上看，吃籠蒸的螃蟹似乎是一件很簡單的事。其實不然，吃蟹有很多講究，有很多學問。而這些學問在書中沒有直說，多是巧妙地隱蔽在故事情節的敘述中向讀者做的介紹。所以一個一個地分析這其中的道理就很有必要了。

一、蟹雖味美，但其性寒，若食之不慎，也會使人生病。為此賈府採取了以下防範措施：

1.注意保溫，要吃熱蟹。王熙鳳說：「螃蟹不可多拿來，仍舊放在蒸籠裏，拿十來個，吃了再拿。」

2.以酒、薑驅寒。酒性最熱，可以驅除螃蟹之寒氣。賈母等人一入大觀園就看到幾個婆子在那裏煽風爐燙酒。到正式開宴時王熙鳳又喊道：「把酒燙的滾熱的拿來。」光用酒驅寒仍然不行，還必須同時吃薑。寶釵有詩道「性防積冷定須薑」，即由此而發。儘管如此，那個玉體嬌貴的林黛玉仍然受不了，不久即覺得心口痛，忙又吃了一口「合歡花浸的燒酒」才不痛了。

二、吃螃蟹要有節制。賈母對史湘雲說：「別讓你寶哥哥林姊姊多吃了。」又囑咐湘雲、寶釵二人說：「你兩個也別多吃。那東西雖好吃，不是什麼好的，吃多了肚子痛。」賈母何出此言？因蟹除了性寒之外還有小毒，並有點腥氣。故而吃蟹時必須配醋以解毒去腥，同時用蟹蘸醋又增加了鮮味。平兒正在吃蟹，見王熙鳳走來，忙剔了一殼蟹黃送給她吃，熙鳳說：「多倒些薑醋。」就是這個道理。不過有的地方的醋酸度太高，若酌加白糖調製成糖醋汁，就酸甜可口了。

三、王熙鳳因剛才忙著侍奉別人，沒有能好生吃過，事後又叫平兒來要螃蟹。平兒說：「多拿幾個團臍的。」團臍的就是雌蟹，因腹中裝滿了一兜蟹黃，特別好吃。但這種好景不長，到下月就會產卵，體內變得空虛起來，就要改吃尖臍（雄蟹）的了。民間有一句吃蟹的俗語曰：「九月團臍十月尖」，就是指此而言。

四、蟹黃有油，又有些腥氣，沾到手上不易洗淨。所以在開宴之初王熙鳳就命小丫頭去取菊花葉兒桂花蕊薰的綠豆麵子，預備飯後洗手。綠豆麵子中拌有皂角灰，在古時只有用這種綠豆麵子洗手才能去腥留香。今天雖有了現代化的洗手劑，但綠豆麵子仍有其實用價值。

此外，還應注意以下各點：

1.蟹生活在陰暗潮濕的污泥之中，甲殼的縫隙及雙螯的絨毛中極易沾染上細菌污物，在蒸前要用刷子洗刷乾淨。這類事情都由賈府的下人去做，書中就省略了。

2.蟹以水中幼小的動植物為食，並特別喜歡吃死魚爛蝦。腮是呼吸器官，過濾出的污物有時也積存在裏邊。所以吃蟹時要注意剔除肚腸和腮，以防食進髒東西。小兒不懂此等道理，需要特別關照。

3.蟹是「大發物」，能發固疾及皮膚病，病人不吃為好。

4.蟹腳能催產下胎，孕婦應慎用。有習慣性流產的人更不能吃。

5.死蟹有大毒，均不可吃。海蟹離水易死，不在此列，但也要辨別其否新鮮。

寶玉急喝鮮筍湯

賈寶玉吃晚飯的時間到了，小丫頭捧了盒子進來站住。晴雯、麝月揭開看時，還是四樣小菜（即鹹菜）。晴雯笑道：「已經好了，還不給兩樣清淡菜吃，這稀飯鹹菜鬧到多早晚？」一面擺好，一面又看那盒中，卻是一碗火腿鮮筍湯，忙端了放在寶玉跟前。寶玉便就桌上喝了一口，說「好燙！」襲人即命芳官學著吹湯，吹涼了才又送給寶玉吃（五十八回）。

按照我國傳統的飲食理論，人在生病的時候腸胃的消化吸收功能下降，要忌吃葷腥油膩或乾硬生冷食品，如是瘡瘍疾患還得忌各種「發物」。這一食規在《紅樓夢》裏有充分的體現，同時它也是曹雪芹家的遺風：其祖父曹寅就專門寫過關於「食忌」的詩（見《楝亭集》卷四）。近來賈寶玉身體欠佳，所以只准他吃稀飯鹹菜。他是個十幾歲的富家公子，哪裏受得了這等清苦？故而一見到火腿鮮筍湯就急不可耐地去吃，結果燙了嘴。

做好這道菜至少要有三個條件：

1. 火腿要好。由於火腿是比較高貴的餐料，有些人即認為火腿肉總歸是好的。其實不然，它在加工、儲存及運輸過程中倘有不慎，都會直接影響到質量。正如《隨園食單》中所說：「火腿好醜高低，判若天淵……其不佳者，反不如醃肉矣。」故而在選用火腿時必須細察其形、色、味是否俱佳。

2.湯要好。好湯需用母雞、火腿、鮮豬肉蹄膀（即肘子）、干貝等熬取，一斤料出一斤至一斤半湯。熬湯用的火腿撈出來修齊、切片，就可以充做「火腿鮮筍湯」的原料。

3.筍要鮮嫩。書中做湯時剛過清明節，顯然得用春筍。若冬天做此湯，可用冬筍。無筍的季節改用玉蘭片。玉蘭片是高級筍乾，用水漲發後與鮮筍相差無幾。

此外，還宜備一點綠色蔬菜，以使湯中的色彩紅、黃、綠相間。

具備了上述基本條件，按常規燒湯一碗就行了。

莫將瓜齏改瓜子

我最初閱讀的《紅樓夢》是那個流行面較廣的程乙本。在四十九回裏有一種叫「野雞瓜子」的食物，什麼是「瓜子」？當時不解。以後又看到了問世較早的脂評庚辰本，才知道這個菜原先叫「野雞瓜齏」，不知何時被改成了令人費解的「野雞瓜子」。

「瓜齏」是一種味美而又能長期保存的古代菜肴，歷史悠久，流行甚廣，有葷有素。例如：

1.早在一千四百年前成書的《齊民要術》中就有做「八和齏」的記載，可惜文字簡略，又深奧難懂，本文不便引用。

2.據《東京夢華錄》稱：宋朝京都汴梁（今河南省開封市）的市場上有「瓜齏」、「決明湯齏」等食品出售，並說「菜蔬精細，謂之『造齏』，每碗十文」。當時一瓶好酒價值八十文。

3.元明之際編輯成書的《居家必用事類全集》是一本「家庭日用大全」之類的專著，其中載有「牛肉瓜齏」的製作程序：

「每十斤，切作大片。細料物一兩、鹽四兩拌勻，醃過宿，次早翻動，再醃半日控出。

此春秋醃法。夏伏醃半日，冬醃三日，控乾。用香油十兩煉熟，傾肉下鍋，不住手攪。候油乾，傾入醃鹵再炒。再釃醋傾入，上指半高。慢火三五滾，下醬些小，慢火煮，令汁乾，漉出。篩子攤曬，乾為度。如要久留，肉每斤用鹽六錢、酒醋各半盞，經年不壞。豬羊皆可。」

此乃古代之「牛肉脯」，即類似今日之「牛肉乾」，故可存放很長的時間而不會變質。也可用豬肉或羊肉製作。

4.到了明朝，浙江省有一位文人高濂對飲食養生學很有研究，編寫過一本叫《遵生八箋》的書，在第十一卷裏載有一道葷素結合的瓜齏：「醬瓜、生薑、蔥白、淡筍乾或茭白、蝦米，雞胸肉各等分，切作長條絲兒，香油炒過供之。」這道菜在《吳氏中饋錄》、《易牙遺意》等食譜中均有記載。

5.清朝初期另一位浙江人編著的《養小錄》中還載有一道用全素料做的瓜齏，因與本文關係不大，從略。

6.曹雪芹的家中經常備有大量的齏菜，他的祖父更是對齏菜讚不絕口。如有次曹寅對好友誇耀說「已辦萍齏到歲除」（《楝亭詩鈔》卷三）。就是說他家製作的齏類菜肴可以吃到年底。又有一次他寫道：「薄試溫臍粥，香流陷齒齏。」（《楝亭詩鈔》卷七）這兩句詩說明了兩個問題：

(1)曹寅腹部受寒，正用「溫臍粥」進行食療，而齏類食品中含有蔥、薑等能夠「溫裏散寒」的作料，所以曹寅需要它。

(2)曹家的齏菜能使人香流齒頰，顯然是非常好吃的，故而讚美它。

以上的事實證明《紅樓夢》中寫進「野雞瓜齏」是確有客觀依據的，後人把它改為「野雞瓜子」是沒有道理的。

調換枸杞不應當

有一年春天，三小姐探春與寶釵商議要吃個「油鹽炒枸杞芽兒」，就拿出錢來交給廚娘柳嫂去買辦（六十一回）。大觀園裏的日常飲食本有定例供應，這是分外的加菜，所以便自己另出錢。

枸杞是藤蔓形的落葉灌木，夏季開淡紫色小花，秋天結紅色漿果。其乾製品就是名貴藥材枸杞子。主要產地在甘肅、寧夏、陝西、河北等北方諸省。江南也有一些野生枸杞，但質次量少，難供藥用，通常是自生自滅。也有的人家把它移種於牆籬笆處作觀賞植物。一到春天，人們愛採摘其枝尖和嫩葉炒著吃，就叫作炒枸杞芽、炒枸杞頭或拌枸杞葉。此物味甘性平，能滋腎養陰，清肝明目，退熱解毒，並治少女月經不調。作者安排這道菜是為了塑造人物性格，有多方面的寓意：

1.由於王熙鳳病重不能繼續料理家務，賈府便決定叫探春和寶釵暫時協理榮國府。按她們此時的地位之尊和權力之大，命廚房給炒個不值錢的野生菜芽兒吃實在不為過分，但她們卻不這樣做，而是要自己出錢買。從這件小事上反映出探春和寶釵辦事廉潔、謹慎，不為外人落下口舌。她二人現在謀劃改革賈府管理上的種種弊端，「自己不正難正人」，於是自己先做出個樣子。這和那些總想多吃多佔一點的趙姨娘和秦司棋等人的行為形成了鮮明的對照。當然，趙姨娘和秦司棋的某些作為是那個封建社會及那個封建大家族的產物，對她們的命運倒也是應該同情的。

2.探春和寶釵都是十幾歲的女孩子，而寶釵又體豐怕熱，有從胎裏帶來的病根，經血不調的事一定會有的，若在春天吃點枸杞芽之類的蔬菜對她們兩人都是有益處的。探春之所以要把自己的心意與寶釵商量，是因為寶釵最熟悉我國的藥理食則，只有與她商量才能商量出一個合適的食譜。

可惜這道菜在程乙本中卻成了「油鹽炒豆芽兒」，使它原來的意義大為遜色。今天我們應該把它糾正過來才是。

枸杞芽的炒法很簡單，僅用油鹽將其炒熟就行了。需要注意的是，只炒到八分熟即可，若熟過頭就不好了。

也可用枸杞芽炒雞蛋、燒豬肝湯。

清朝初期的飲食專著《養小錄》中說，還可用枸杞芽拌涼菜或者煮粥吃：「焯拌，宜薑汁、醬油、微醋。亦可煮粥。冬食子。」這就是說，不便炒菜時也可用枸杞芽煮粥吃，到了冬天可食枸杞子。枸杞子是高級滋補藥品，比枸杞芽更好，一般日用量在十五克左右。若久服，應減量。

燉烤鹿肉兩相宜

有一次吃早飯，賈母見桌上有鹿肉，便命留著晚上給寶玉吃。王熙鳳說：「還有呢。」方才罷了。（四十九回）

鹿的全身都有藥用價值。其肉是適宜冬天進補的高級營養和醫療食品，歷來受到醫學界和美食家的重視。唐朝的《食療本草》說：「肉，主補中，益氣力。」又說，「九月後正月前食之，則補虛羸瘦弱，利五臟，調血脈。自外皆不食，發冷病。」即陰曆的二至八月之間不應吃鹿肉，它能使人發冷病。賈府吃鹿肉的時間都在冬季，就是遵循這一食規。另據《隨息居飲食譜》稱：「鹿肉，甘溫。補虛弱，益氣力，強筋骨，調血脈，治產後風虛。……若陰虛火動者服之，貽誤非淺。」所謂「陰虛火動」就是指體內有火熱之氣。主要症狀為內裏發燒，津液不足，故而外感口乾、舌燥等等，俗稱「內裏有火」。此時如再吃溫熱性的食物，其勢將導致「火上加油」，當然是有害的。

不過我國的貴族階級一向重視「養生之道」，都懂得這些普通道理，是完全能夠趨利避害的。又加之鹿肉味美，所以上自賈母下至丫環都非常愛吃鹿肉。為適應這種需要，主管賈府地畝的庄頭烏進孝來交年租年禮時，一次就送來了大鹿三十隻，鹿筋二十斤，鹿舌五十

條，外加活鹿四隻。（五十三回）

鹿肉的食用價值已引起國際養殖業和食品業的重視，一些以養羊著稱的國家現在也大量養鹿，並將宰殺好的鹿肉運往比較寒冷的北歐各國銷售。鹿的飼養方法與羊相似，但其經濟效益卻比羊高得多。我國有悠久的養鹿歷史和養鹿經驗，有遼闊的自然條件，如能大力發展養鹿業，必將帶來可喜的結果。

鹿肉的烹調方式很多，但若細細考究起來又和羊肉有許多共同之處。現無需歷歷詳述，只探討一下為賈母做這道菜應掌握的基本推測。

賈母「愛吃甜爛之食」（寶釵語，二十二回），她自己也曾向劉姥姥說過：「我老了，不中用了……不過嚼的動的吃兩口。」（三十九回）。為了使她能「嚼的動」，就得把肉燒得軟爛一些，故而可考慮做清燉鹿肉或者紅燒鹿肉。以清燉為例：

先將新鮮鹿肉切大塊，多洗幾遍，放入冷水鍋中煮。為了除腥去羶，鍋中應放入少許黃酒及拍鬆的蔥薑，並將兩個核桃的核桃仁投入水中同煮。無上述作料時也可取半個白蘿蔔切成塊狀，入鍋同煮。不蓋鍋蓋，並不斷攪鍋，揚湯止沸。這樣大部分腥羶之氣就隨著熱氣飄走了。

視肉熟撈出，改刀切成小塊。另起鍋，用好雞湯配各種調味品清燉，候鹿肉軟爛出鍋。燉鹿肉時如能佐以火腿和豬肉蹄膀，再配上點冬筍，那就更好了。但不能搭配太多，總要以鹿肉為主。

第四十九回裏有一節叫「脂粉香娃割腥啖膻」的文字，說的是賈寶玉和史湘雲的蘆雪庵烤鹿肉的事。由於鹿肉烤得噴香，驚動了隔間屋裏的探春、寶釵、寶琴等人都湊在一起大吃大嚼起來。

烤肉本是一種名貴菜肴，生烤鹿肉就更高貴了。但是按書上的烤法卻也並不複雜，只要將生肉放在鐵絲蒙子上用鐵叉挑弄著烤熟就行了，吃時蘸細鹽或醬油調味（醬油應製熟）。可能有的讀者會覺得這樣吃烤鹿肉太簡單，不合「富貴人家」的體統。但經反覆研究，我覺得似乎就應該如此簡單才符合原著的意境。理由有四：

一、書上只說到鐵爐、鐵叉和鐵絲蒙子，並沒有說到還有眾多的調味品。

二、這是一群十幾歲的孩子閒取樂的一種零食，不能像宴請賓客的正餐一樣做得那麼隆重和複雜。

三、蘆雪庵不是富麗的居室，而是在河邊上的幾間茅簷土壁的農舍，在此地生烤鹿肉是為了尋野趣，體現著滿族人的食風。滿人善騎射，愛狩獵，但他們外出打獵時是不能隨身帶著許多個小碟子、小瓶子的，燒烤獵獲物時能夠有食鹽調味就已經不錯了，不會再有更高的要求。這裏順便說一下，滿族人的早期生活方式是喜吃淡食或甜食，康熙和乾隆皇帝回盛京瀋陽去祭祖時，有許多祭品都是不加鹽醬以示誠敬。

四、林黛玉一向脾胃虛弱，不敢吃生烤鹿肉，當她看到這一群脂粉香娃的吃相竟如同乞丐一般，站在一旁說起俏皮話來：「哪裏找這一群花子去！罷了，罷了……」花子的食物原本是很簡單的。

所以我認為不應該把這道菜搞得很複雜。

然而再從另一方面說，鹿肉是一種高級餐料。尤其在今天，它是應受到保護的珍貴動物，一般人吃到烤鹿肉的機會是不多的，誰若能得到一塊新鮮鹿肉，願意把它搞得複雜一些，使味道更好一些，也是在情理之中的。基於此種考慮，我認為在烤鹿肉時可以比照北方烤羊肉串的方式去做，也可以像吃北京的涮羊肉一樣，多放上幾個小碟子。

芳官喜逢胭脂鵝

芳官原是賈府從蘇州買來的學唱戲的十二個女孩之一，怕飲酒會損害嗓子，便禁止她們吃酒。近因戲班解散，她被分配到怡紅院裏當寶玉的丫環。寶玉生日那天，別人都歡天喜地地吃喜酒，吃壽麵，可是芳官的禁令尚未解除，她又吃不慣北方的麵條子，就悶悶不樂地獨自告訴廚房給另外弄點吃的來。廚娘柳嫂子對那些有體面的丫環一向十分殷勤小心，近來又正託芳官之力走寶玉的後門，欲安排自家的女兒進去當差，因此給芳官送來一頓比較富盛的飯菜，其中有一碟醃的胭脂鵝脯。這是道蘇州名菜，可謂標準的家鄉風味，所以芳官對別的菜都置之不顧，只揀了兩塊醃鵝（六十二回）。

賈府的鵝饌是很多的。這有兩個原因：

1.鵝雖在全國各地都有飼養，但在江淮流域及其以南的地區則更為普遍。鵝是食草的家禽，當北方還在天寒地凍的時候，南方已是一片蔥綠了，有養鵝的天然條件。鵝溫文爾雅，但見了陌生人會呼叫，能幫助主人看家，其體形和叫聲又很像大雁，故又有「家雁」之美稱，人們願意飼養它。鵝多就為吃鵝提供了先決條件。

2.鵝還有個最大的好處就是免疫力非常強，有人將一定劑量的致癌物質注入其體內都安然無恙。我們的祖先很早就發現了這一特性，自古就用鵝血解箭毒（箭頭有毒）、治噎膈（食道癌）。據《隨息居飲食譜》記載：生產「銀粉」的工匠每月吃一隻鵝，能避免「鉛中毒」。

由於鵝有這麼多的好處，賈府的人酷愛吃鵝。如：賈珍招來了一批花花公子吃喝聚賭，竟天天屠鵝（七十五回）。賈璉偷娶尤二姐後，三姐也跟著大飽口福，她是「吃的肥鵝，又宰肥鴨」（六十五回）。還有那珍大嫂子和薛姨媽家都用鵝掌當下酒菜，平時吃鵝之多就可想而知了（第八回）。現在芳官給廚房打了招呼，很快就有醃鵝送上餐桌，說明大觀園裏也是經常吃鵝的。庄頭烏進孝來交年租年禮時，一次就送來二百隻活鵝、二百隻鳳鵝，就是為了滿足賈府食鵝的需要（五十三回）。

由於江蘇境內鵝源豐富，蘇北又是我國海鹽的主要產地，醃鵝的客觀條件獨一無二，所以蘇州醃鵝的歷史久遠。但究竟遠到什麼程度，我也說不清楚，僅據我現有資料來看，至少在六百五十年前，蘇州的醃鵝就是名菜了。在《紅樓夢》第二回裏說到過一個叫倪雲林的人，他是元朝末年的江南名士，山水畫家。原籍江蘇無錫市，一三三六年應邀到蘇州設計一座名園，即今日之獅子林，在蘇州住了兩天。飯店老闆為了讓這位畫壇高手吃得滿意，便鼓勵手下人拿出絕招做道好菜。有位廚師做了一隻鵝送上，倪雲林吃後非常喜悅，並把製作方法收入自己的文集，因此這道菜就在蘇州傳播開了。

現在順便說一下，曹雪芹的祖上在蘇州做官時，曾住拙政園，距離獅子林很近，曹家當然會知道蘇州有這樣一道名菜。曹寅曾寫過「紅鵝催送酒」的詩句，這「紅鵝」好像應理解為「胭脂鵝」。

到了清朝乾隆年間，袁枚對蒸鵝發生了興趣，復驗之，果然頗佳，又將其記入了《隨園食單》，並取名謂之「雲林鵝」。但倪雲林的原始記錄比較簡略，袁枚親自試驗後作了一些補充，現介紹袁枚之法：

「整鵝一隻，洗淨後，用鹽三錢擦其腹內，塞蔥一帚填實其中，外將蜜拌酒通身滿塗之。鍋中一大碗酒，一大碗水，蒸之。用竹箸架起，不使鵝身近水。灶內用山茅二束，緩緩燒盡為度。俟鍋蓋冷後，揭開鍋蓋，將鵝翻身，仍將鍋蓋封好蒸之，再用茅柴一束，燒盡為度。柴俟其自盡，不可挑撥。鍋蓋用綿紙糊封，逼燥裂縫，以水潤之。起鍋時不但鵝爛如泥，湯亦鮮美。以此法製鴨，味美亦同。每茅柴一束，一斤八兩。擦鹽時，串入蔥椒末子，以酒和勻。」

說明：

1.「胭脂」是形容色紅。鵝肉本身已是紅色，又經鹽醃，在硝酸鹽的作用下，肉質會更紅。但鵝皮仍呈白色。到了明朝，蘇州人做蒸鵝時要往鵝身上澆「杏膩」（見《易牙遺意》）。杏膩乃紅色調味品，澆上之後就是皮肉皆紅的胭脂鵝了，名之為杏花鵝。可是現在人們已不用杏膩了，可否考慮用好醬油或者別的什麼東西上色？請讀者自酌。

2.清朝的衡器與現在不同，一斤為五九六．八克。十六兩制，若用「鹽三錢」約合十一·二克。這是蘇州廚師設計的一道無錫風味菜，只適合本地人吃。因這一帶的菜肴重甜輕鹹，許多外地人都吃不慣，所以別處的讀者試做此菜時應根據自己的愛好調味，切不可照搬照套。

3.「塞蔥一帚」，是南方人愛用的小青蔥一小把，不是北方大蔥。倘用北方大蔥，酌加即可。

4.文中三個「酒」字，按照袁枚的習慣，醃鵝時應用酒釀，入鍋時可加黃酒。

5.將茅柴「束」之，意為小火慢蒸；糊封鍋蓋是為了不使漏氣。現在都用新式鍋灶了，只要取其精神就行了，自然也不必照搬照套。

6.「蔥椒末子」即蔥花和花椒軋成的粉末。

7.以上所說雖是芳官故鄉的一道名菜，然而那是蒸的一隻整鵝，與書上說的那個鵝脯還是有距離的。所謂鵝脯就是鵝胸脯處的兩片肉，此部位與有點臊氣的鵝屁股有段間隔，烹製後味道當然會更好些。因此做這道菜時也應考慮單用鵝脯，醃一兩個小時後放在碗裏入籠蒸就行了。若用現在通常使用的鋁鍋蒸，要連續蒸四小時以上，中間可拌和一次，平時不可常開鍋探視，防止走氣。

另外，需要特別注意的是，鵝肉也屬發物，凡是有皮膚病、潰瘍病的人，暫時不宜吃鵝。

還有蝦丸雞皮湯

柳嫂子又給芳官做了一碗蝦丸雞皮湯（六十二回）。

這也是一道標準的江南風味菜。不過江南水鄉雖盛產魚蝦，但用蝦仁做成丸子（南方人叫圓子），卻是一件比較費工費料的事，故一般人家平時並不常做。而柳嫂子為了博得芳官及其主子的歡心，竟不惜工本地做了出來。

蝦丸的具體做法在《隨園食單》中也有記載：

「蝦圓照魚圓法，雞湯煨之，乾炒亦可。大概捶蝦時，不宜過細，恐失真味。」又說：「將肉斬化，用豆粉、豬油拌，將手攪之；放微微鹽水，不用清醬；加蔥薑汁做團，成後放滾水中，煮熟撩起，冷水養之；臨吃用雞湯、紫菜滾。」

我對以上引文的理解是：

1.取鮮蝦剝出蝦仁，用刀背把它捶碎，不可捶得太細，免失蝦之本味。

2.捶碎之蝦中拌入豆粉（指做「芡粉」用的綠豆粉，如無，用別的芡粉也可）、熟豬油、鹽水、蔥薑汁，再把它們攪和均勻，團成一個個的小圓子，放進開水鍋中煮熟，撈出後浸泡在冷水中養起來備用。

3. 臨吃時用雞湯和紫菜一起做成蝦圓紫菜湯上桌。

《紅樓夢》中的那碗「蝦丸雞皮湯」與袁枚說的上述做法似有相近之處。但由於還用了雞皮，比袁枚又更勝一籌。所謂雞皮，是指雞前胸處的一小塊肉皮。雞胸向下，屬陰，是靜脈血管通過之處，質嫩易熟，故飲食業常選用它做湯。但仍需事先煮熟再與其他配料合用。

袁枚燒蝦丸湯時還配用紫菜，這倒也是值得借鑒的。紫菜是東南沿海產的一種海菜，營養豐富，味道鮮美，還可「和血養心，清煩滌熱」、「除腳氣、癭瘤」（見《隨息居飲食譜》），南方人常用之做「蝦皮紫菜湯」佐餐。紫鵑為黛玉安排那碗火肉白菜湯時特地配了點紫菜（八十七回），就是為了適應黛玉的家鄉風味。所以做蝦丸雞皮湯時若也輔之以紫菜，是完全符合江蘇人的飲食習慣的，那就更好了。紫菜不可久煮，只要將其撕成碎片放到湯碗裏，再沖入熱湯即可。

清蒸鴨子用酒釀

柳嫂子給芳官送來的飯菜中還有一碗酒釀清蒸鴨子（六十二回）。這也是一道標準的南方菜。江南諸省歷來為澤國水鄉，河道縱橫，湖泊池塘星羅棋布，養鴨的天然條件得天獨厚。江蘇省內養鴨的風氣更盛，南京板鴨很早就名揚國內外。曹雪芹的父親曹頫任江寧織造時向康熙皇帝進獻過「寧鴨一百二十隻」，雍正皇帝繼位後又進獻過「寧鴨四箱」（見《關於江寧織造曹家檔案史料》）。寧鴨之優不言而喻。

《呂氏春秋・本味》曰：「水居者腥。」鴨也是水居之禽，亦有些腥臊之氣，烹調時必須用酒解腥去臊。這酒通常是指料酒（廉價黃酒）和酒釀，柳嫂子選用了酒釀是因酒釀味甜，更適合這位蘇州姑娘的飲食習慣。柳嫂子為使芳官吃得稱心如意，真是費盡了心機。現介紹兩種蒸法。

1. 水蒸法，這是常用的一種蒸法。

首先，殺鴨時要注意選擇老鴨，白羽烏骨者更好。因諸禽尚幼，唯鴨尚老（民間認為幼鴨微毒，常棄之）。將光鴨洗淨，用潔布擦乾水分，切成大塊，用鹽、酒釀汁拌醃片刻，並顛翻揉捏，使調料入味。然後把鴨塊皮肉向上地碼放在大湯碗裡，上擺香蔥二三棵（指南方人用的小青蔥，如用北方大蔥，酌加即可），生薑薄片三四片，入籠蒸之。倘若不是急於上桌，最好先醃兩個小時再入籠，可使鹽酒充分滲入。鍋要蓋嚴，連蒸三四個小時才能使鴨肉爛熟，出籠後揀去蔥薑。

2.乾蒸法。是一種特殊的蒸法，一般人家不常用。袁枚在杭州商人何星舉家吃過一次，十分讚賞，便記入了他的《隨園食單》：

「將肥鴨一隻洗淨，斬八塊，加甜酒、秋油，淹滿鴨面，放磁罐中封好，置乾鍋中蒸之。用文炭火，不用水。臨上時，其精肉者皆爛如泥。以線香二枝為度。

說明：

(1)文中的甜酒也應為酒釀汁，即北方叫江米酒者。另有一種南方人謂之老白酒的飲料也叫甜酒，但不常有售，故而不多入饌。無酒釀汁時可用黃酒加糖代之。

(2)秋油是好醬油。現在是做清蒸鴨子，應該省去，換上適量的細鹽。

(3)乾鍋蒸的道理與今日用烤爐燒烤食物的意思相仿。操作時熱鍋中不能濺入湯水，以防鐵鍋炸裂。

(4)線香即寺廟裏燒香時使用的那種條香，古代也當作計時標準。大觀園裏作詩時紫鵑就點燃過線香計時（**七十回**）。一枝高香在無風的靜室中約燃燒一個小時左右。

雞蛋招來禍一場

柳嫂子對寶玉屋裏的人那麼殷勤小心，但對其他人卻完全是另一種態度，另一種待遇。有次二小姐迎春房裏的小丫頭蓮花兒走來說：「司棋姊姊說了，要碗雞蛋，燉的嫩嫩的。」柳嫂子謊稱沒有雞蛋。那蓮花兒不信，揭開菜箱一看，裏面明明放著十來個雞蛋，於是兩個人發生了一場唇槍舌戰。司棋是迎春的一等大丫環，脾氣剛強，得知此事後怒氣沖天，遂帶了一幫子手下人把廚房砸了個七零八落。柳嫂子見勢不妙，忙賠禮道歉，並立即送去一碗燉好的雞蛋。司棋仍不領情，賭氣把它全潑到地下了（六十一回）。

迎春是庶出，即小娘養的。故生性懦弱，那些僕人們對她都無所畏懼，因而柳嫂子也就不把她的丫環放在眼裏，不料就招來了這場大禍。

燉雞蛋是一道普通的家常菜，它的發源地可能也是在南方。根據有三：

1.清朝初期有個名顧仲的官吏，係浙江嘉興人士，在閒暇之時輯錄了一本飲食專著叫《養小錄》，其中多為南方風味，對此菜記之甚詳：

「一個蛋，可頓一大碗。先用箸將黃白打碎，略入水再打。漸次加水及酒、醬油，再打。前後須打千轉。架碗，蓋好，頓熟。勿早開。」

「頓」同「燉」字，實際上就是蒸。
「箸」就是筷子。
「酒」指黃酒。雞蛋稍有腥氣，酒能解腥。
「打千轉」是形容詞，即需要多打、打勻之意。
「架碗」指把蒸蛋的碗架在水鍋中。
「勿早開」是將蛋燉熟後不要急於掀鍋蓋，要等氣溫稍降後出鍋，這樣蛋的凝結度會更好些。

2.浙江省寧波商業技工學校編寫的《家庭烹調與菜譜》一書再次選入了此菜。
原料調配：雞蛋兩隻，蔥末、精鹽、味精和熟火腿末各少許。
製作方法：
(1)把雞蛋打入碗內，加鹽和味精，用筷子攪稠打勻，加清水二百五十克調勻。
(2)將鍋置旺火上，用沸水將蛋液蒸十五分鐘後取出，撒上火腿末和蔥末即成。
製作關鍵：雞蛋要攪打均勻，蒸得適度，防止蒸過頭。

3.江蘇省內也有這種菜，而且在做法上有時還更講究些。譬如有的是用雞湯或肉湯代替清水；還有的在蛋中加入肉末或筍丁、蘑菇片等；蛋蒸熟後在碗面上點綴以熟蝦仁、熟雞絲。

綜合以上三條，做燉雞蛋的基本方法已可看得十分清楚，我想那位柳嫂子大概也不會超出這個範圍吧。

這裡需要特別說明的一點是：應該用湯代替清水。湯不但可為蛋增加滋味，更主要的是湯是熟料，能防止中間夾生。無湯時改用溫開水也可。用湯的另一個好處是可以事先試味，只要湯的鹹淡大體相當，燉好以後也就能味道可口。用湯（熱水）的第三個好處是能使燉出來的蛋鮮嫩，哪怕燉過了頭也不會老化。所以這是這道菜「燉的嫩嫩的」的關鍵一著。

賈政孝敬雞髓筍

賈母吃晚飯的時間到了，見自己的幾色菜已擺完，另有兩個大捧盒內捧了幾色菜來，便知是各房另外孝敬的舊規矩。長子賈赦送來的兩樣菜看不出是什麼東西，便退了回去，只留下二兒子賈政孝敬的一碗雞髓筍（七十五回）。

賈赦生性暴虐，品行不端，夫人邢氏又為虎作倀，老太太很不喜歡他們。同是兒子送來的菜一退一留，從一個側面反映出好惡親疏的微妙關係。賈赦也心中有數，便在中秋之夜的盛宴上當著眾人之面講了個父母偏心的笑話，令賈母不悅。

不過賈政孝敬的這道菜也確實令人喜愛。雞髓筍指浙江天目山產的優質竹筍，有白雞筍和烏雞筍（黑殼筍）之分。書中加了個髓字，是形容鮮嫩之意。當地人常把它加工成筍乾外運。質優價高，乃筍中上品。

江蘇人愛吃筍，但本地多是庭前屋後供觀賞的小竹園，不肯大量採伐，於是浙江、安徽等地的竹筍便大批運到江蘇境內發售，以圖賣個好價錢。袁枚祖籍浙江，久居江蘇做官，又是位有名有錢的吃客，對來自故鄉的特產很有研究，在《隨園食單》中做出了詳細記載：「天目筍，多在蘇州發賣。其簍中蓋面者最佳，下二寸便摻入老根硬節矣。須出重價，專買其蓋面者數十條，如集狐成腋之義。」又據《隨息居飲食譜》稱：「可入葷肴，亦可鹽煮。烘乾為臘，久藏致遠。出處甚繁，以天目早園為勝。」亦云，「毛竹筍，味尤重，必現掘，而肥大極嫩，墜地即碎者佳。葷素皆宜。但能發病，諸病後、產後均忌之。」

曹寅原是北方人士，受康熙皇帝之命隨父遷來南方供職，與筍結下了不解之緣，不但在江寧的織造署中種有多處竹子，而且還邀集好友到太湖之濱去「伐毛髓」（《楝亭詩鈔》卷四）。伐毛髓就是砍伐毛竹之嫩筍。江蘇的毛筍比天目山的竹筍差遠了，但因是自己砍來的，吃起來當別有一番情趣。由此看來，曹雪芹著書時用了一個迷人的髓字，原來是祖上的遺風，確有所本。

這道菜出場時臨近中秋節，在北方是沒有鮮筍的，就選用了優質筍乾。綜合《隨園食單》中的做法，烹製這碗筍似應經過三道程序：

1.將筍乾入水中浸泡漲發，要發透。必要時需要文火加溫。

2.切片或切絲，晾在陰涼通風處吹吹風，蒸發一些內含水分，以便入鍋後易於吸收外來滋味。

3.用好雞湯加作料煨之；或者「取秋油煮筍，烘乾上桌」。秋油是經歷過一個夏季生曬的好醬油，汁濃味重，又稱母油。烘的目的是迫使外來滋味充分滲透到筍中去，可更加鮮美。煮時也應用油。據稱有一位安徽客人吃到此筍「驚為異味」，袁枚笑其「如夢之方醒也」。

如前所說，筍能發病，毛筍尤甚，南方人把它視為發物，凡病後、產後及瘡瘍初癒者不食為好。賈寶玉病中未見吃筍，病後已徹底好了才送來一碗火腿鮮筍湯（五十八回），就是此意。

醃狸送給林姑娘

賈母見飯桌上有兩樣比較新奇的菜——雞髓筍和果子狸——便指著說：「這一碗筍和這一盤風醃果子狸給顰兒寶玉兩個吃去。」（七十五回）

「顰兒」即林黛玉，是剛來榮國府時寶玉給她取的別名。筍和狸都是南方佳味，在北方十分難得，所以老太太不肯吃，就送給特別疼愛的外孫女及小孫子去吃了。

果子狸體形似貓，又有野貓、狸貓、花面狸、玉面狸、牛尾狸等多種稱謂：因全身灰色，也叫青猺；又因其以山中野果為主食，人們習慣於喚作果子狸。

狸肉味極鮮美，並能補中益氣和治療肛門疼痛、痔瘡下血等疾患。主要產地是廣東省及其附近的熱帶省份。但金陵近處，皖南山區也有少量出產，故江蘇、浙江一帶的富貴人家也有幸能吃到這種珍稀食品。如袁枚在《隨園食單》中寫道：「果子狸，鮮者難得。其醃乾者，用蜜酒釀蒸熟，快刀切片上桌。先用米泔水泡一日，去盡鹽穢。較火腿覺嫩而肥。」

這段文字說明了五個問題：

1.果子狸是山中野貓，比家貓難以降伏，為便於儲存和長途運輸，通常是捕得後就地宰殺，並用鹽醃製風乾，城市居民很少能買到鮮貨。賈府吃的是「風醃果子狸」就是這個道理。

2.果子狸經過風乾和長途轉運，變得乾硬不潔，在臨吃之前應用淘米的泔水浸泡一日，使其回軟並洗掉污穢。米泔水浸泡乾硬原料如筍乾、臘肉等等有特殊功效，比清水要好。

3.蜜酒釀即今日稱之為甜酒釀者。北方人叫糯米酒，四川人喚作醪糟。具體的烹調方法宜將浸泡洗淨的狸肉加酒釀汁蒸熟。

4.經過浸泡和蒸製的狸肉已失去了韌性，必須用快刀切才能使肉片完整。

5.狸肉比火腿還要好吃。

果子狸是國家保護動物，現禁止捕殺。

晴雯要吃炒蘆蒿

有一次寶玉屋裏的三等小丫頭春燕去通知廚娘柳嫂子：「晴雯姊姊要吃蘆蒿。」柳嫂子忙問是肉炒雞炒，小燕說：「葷的因不好才另叫你炒個麵筋的，少擱油才好。」（六十一回）

我國的蒿類植物很多，各地名稱也不一。如有茼蒿、蓬蒿、青蒿、白蒿、藜蒿、蔞蒿、菊蒿、邪蒿、茵陳蒿、艾菜等等。儘管種類不一，但它們有幾個共同點：

1.均屬菊科植物，並有一股特殊的芳香氣味，即既如菊味又像艾味，民間就把這種不倫不類的香味叫做「蒿氣」。

2.大部分蒿類植物都可食用，蔞蒿已有三千年的食用史。乾隆皇帝在《盛京賦》中也稱讚蔞蒿是瀋陽地區的佳蔬，說明滿族人同樣是愛吃蒿菜的。《紅樓夢》中所說的蘆蒿，可能就是指蔞蒿。

3.我國人民重視蒿菜是因為它有醫療保健之功。唐朝的《食療本草》和《千金方》中都記載過它，清朝成書的《隨息居飲食譜》也說其能「清心養胃，利腑化痰。葷素咸宜」。

南方的蒿菜長得矮小，故通常是只吃嫩尖嫩葉。北方的蒿菜比較高大，人們既吃葉（叫「蒿子毛」）也吃莖（叫「蒿子杆」）。柳嫂子問是肉炒雞炒，固然是指炒蒿子杆，因蒿子毛不宜與肉類同炒。「程乙本」曾把這道菜改為「蒿子杆」，這種改法是很合適的。

南北各地的麵筋也有區別：南方人以吃油麵筋為主（即炸得很膨鬆的麵泡，以無錫產品最有名），其次才是水洗的濕麵筋。而在北方多數是吃水麵筋，很少見到油麵筋。

根據以上的分析，這道菜的主要成份似應是「蒿子杆炒水麵筋」。將蒿子杆切寸段，麵筋切絲或切片，比照芹菜炒豆腐乾的方式炒熟就行了。菜味以清淡爽口為主，要少放油。但水麵筋不要與蒿千杆同鍋炒，以免互相爭滋味。可先單炒麵筋，再單炒蒿子杆，待蒿子杆炒到將要出鍋時倒進炒麵筋顛翻拌勻，即可出鍋。

金桂偏愛骨頭香

薛蟠之妻夏金桂生平最喜啃骨頭，每日務要殺雞鴨，將肉賞給別人吃，自己單以油炸焦骨頭下酒（八十回）。

人們經常會看到狗、貓之類的家畜伏在地下啃骨頭，作者在這裏也用了一個「啃」字形容夏金桂，活畫出這個潑婦的吃相如同畜類一般。但有的人只注意到她「單以油炸焦骨頭下酒」，就認為她是連骨頭都吞嚥下去了，於是就去考證是否真有骨頭菜？怎樣做出骨頭菜？其實這是一種誤解。

我國雖早在宋朝就有了骨頭菜（叫炙子骨頭，即烤製的幼禽骨頭，乃宮廷御菜），不過夏金桂並沒有吃骨頭。前文已經說過：她是「生平最喜啃骨頭」，也就是生來就愛啃骨頭。這就十分清楚地說明了她只是啃骨頭上的殘肉，而不是連骨頭都吃下去。吃肉不是更爽利嗎，為什麼要去「啃」呢？這和酒量有關。酒量大的人意不在肉而在酒，有些人專愛買雞爪子佐酒就是這個道理。所以這個「啃」字也反映出夏金桂是個酒徒。

倘讀者同意本人的見解，那麼此菜的烹調方法也就好作進一步的探討了。譬如可以這樣烹製：將雞鴨身上的厚肉部位除掉，只取留有薄肉的骨頭（南方人叫雞殼）斬塊。用黃酒、鹽、醬油、蔥薑汁等調料拌醃一兩個小時，入油鍋用小火炸。應炸兩遍，使肉質焦脆。但又是焦而不苦，這就必須掌握火候。

賈珍煮豬又燒羊

中秋節將到，但因賈敬死後的孝期未滿，寧國府不能大操大辦地歡度佳節。可是賈珍是個放蕩無羈的花花公子，是不肯放過吃喝玩樂的良機的，於是就與嬌妾佩鳳商量出一個權宜之計：提前在八月十四日過節。為飽口福，竟「煮了一口豬」（七十五回）。

作者在這裏用了一個「煮」字，活現出這是一道標準的滿族傳統食品。滿族人自古愛吃白煮的豬肉，名之曰白肉，又叫白片肉、白切肉。在過年過節的時候它是必不可少的主菜。在祭神祭祖時它更被視為上品，並尊稱為福肉。為託神靈和祖宗之福，待祭祀完畢要分吃福肉，而且不加鹽醬，不計數量，以吃飽為度。連素不相識的路人也可分享一份。為了適應這種風俗，瀋陽和北京等有滿人聚居的城市裏都設有白肉館。北京著名的沙鍋居飯庄就是以賣白肉起家的，至今已經營了二百五十餘年，仍生意興隆。

不過以上說的那種「不加鹽醬」的吃法是古代遺風，隨著滿漢文化的交流，人們的生活方式也在互相影響，現在滿族兄弟吃白肉時有的也佐以醬油、蒜泥或醃韭菜花之類的調味品了。

為開設八月十四日的夜宴，賈珍還令「燒了一腔羊」（七十五回）。過節燒羊肉是北方人的風俗。《隨園食單》中寫道：「牛羊鹿三牲，非南人家常時有之之物。」這就明確地指出了吃牛羊鹿原是北方人的生活習慣。時至今日，情況亦然。因只有北方才有牛羊鹿的充裕貨源。

南方人往往把燒字理解為用鍋燒煮食物，然而在北方人的概念裏，燒字則是指用明火或暗火烘烤食物。所以「燒了一腔羊」也就是烤了一隻羊。這種烤羊肉的方法在《隨園食單》中也有記載：「羊肉切大塊，重五七斤者，鐵叉火上燒之。味果甘脆，宜惹宋仁宗夜半之思也。」

把羊肉切成五至七斤重的大塊燒烤，又未說到用調味料，這顯然也是比較古老的一種吃法。若是今天吃烤羊肉，似應酌加調味品才是。譬如可備有細鹽、醬油、甜醬、蔥段、蒜末、辣椒粉之類。

「宋仁宗」指北宋的第四任皇帝趙禎。他很愛吃烤羊肉，有一次半夜裏睡不著覺，仍想吃烤羊肉。但又怕驚擾眾多的官人，終未下令取索。

賜給賈蘭一碗肉

有一次吃晚飯的時候，賈母說：「那一碗肉給蘭小子吃去。」（七十五回）「蘭小子」即李紈之子賈蘭。因幼年喪父，全家都對他非常憐愛。賈母、賈政對之更為關懷。

這碗肉原是給賈母做的，而賈母又一向「愛吃甜爛之食」（寶釵語，二十二回），所以此菜應按照南方人的傳統做法烹製，才能達到「甜爛」之標準。現仍從《隨園食單》中錄取兩例供參考。

一、神仙肉

用蹄膀一隻，兩鉢合之，加酒，加秋油，隔水蒸之。以二炷香為度。號「神仙肉」。

注釋：

1. 蹄膀在北方叫肘子。
2. 鉢指小瓷盆或比較粗笨的大飯碗。

3.酒指酒釀汁，即北方人叫糯米酒者，有甜味。

4.秋油是好醬油。夏天做成豆醬，日曬三伏，晴則夜露，於深秋季節第一批抽取的濃汁謂之秋油；也有的地方稱母油。因汁濃味重，做普通菜肴時需加水稀釋。

5.古代缺少鐘錶，常以廟堂裏燒的線香作計時標準。每五十根香束在一起為「一炷」，約可燃燒一個多小時。文中說「以二炷香為度」，就是要連續蒸兩個多小時。

6.由於蒸的肉保持了全汁全味，令人喜愛，故號稱「神仙肉」。

二、乾鍋蒸肉

用小瓷鉢，將肉切方塊，加甜酒、秋油，裝大鉢內，封口。放鍋內，下用文火乾蒸之。以兩炷香為度。不用水。秋油與酒之多寡，相肉而行，以蓋滿肉面為度。

這一例的蒸法與上例相似，其不同點在於用乾鍋蒸之。烹飪原理如同今日用麵包烤爐烘烤肉類一般，別具一格。

另外，南方人喜愛的紅燒肉和東坡肉，鹹中帶甜，質地軟爛，油而不膩，也適合送給賈母吃。

紫鵑端來火腿湯

林黛玉這幾天開始咳血，情緒有些低沉。人在生病的時候，大抵都會思念起家鄉風味，紫鵑便吩咐廚娘柳嫂給做了一碗火肉白菜湯送上。說道：「剛才我叫雪雁告訴廚房裏給姑娘做了一碗火肉白菜湯，加了一點兒蝦米兒，配了點青筍紫菜，姑娘想著好麼？」黛玉道：「也罷了。」（八十七回）

火肉即浙江名產火腿肉的簡稱。這是江蘇省內的一道傳統風味菜，至少在清朝的乾隆年間就引起了人們的關注，現在又被收載於新編的菜譜之中。或許是為適應人們的不同口味，前後做法稍有差別，茲分述如下。

黃芽菜煨火腿（袁枚《隨園食單》）

用好火腿削下外皮，去油存肉。先用雞湯將皮煨酥，再將肉煨酥，放黃芽菜心，連根切段，約二寸許長，加蜜、酒釀及水，連煨半日，上口甘鮮，肉菜俱化，而菜根及菜心絲毫不散，湯亦極美。朝天宮道士法也。

對這段文字需略加說明：由山東省南下的大白菜到江蘇、上海等地被稱作黃芽菜；再進入浙江則改作膠菜，指是膠東半島來的菜。

「外皮」是指因火腿久存而附著於外面的一層污物，非豬肉之真皮。「去油」乃去除腐敗變色的部分，不是挖取裏邊的好油。「酥」字在南北方的飲食行業中有不同的解釋：北方多指酥鬆、酥脆；而此處卻是南方人的概念，即軟爛熟透的意思。

這個方法是從朝天宮道士那裏學來的。朝天宮為江寧府（今南京市）轄內的一座道宮，建於明朝洪武時（一三六八～一三九九年間），原是公眾集會的場所，直到清朝依然如此。曹雪芹的祖父給康熙皇帝的一份奏摺中曾說過：江寧的市庶軍民聞知聖主取得了重大勝利，便「齊赴朝天宮建醮，慶祝聖安……」為了應酬這許多的上下食客，朝天宮的飲食當然不敢馬虎，必須精益求精。袁枚對這道菜感到滿意，就記錄在案了。

火腿燉芽菜（《中國菜譜》江蘇分冊）

原料：火腿肘子肉五百克，黃芽菜心二棵計五百克，春筍片五十克，水發冬菇二十五克，蝦子一克，紹酒三十克，精鹽二．五克，蔥結二十五克，薑片十五克，雞清湯八百克。

製法：

1. 將火腿肉片去走油的黃肉部分，刮洗乾淨，放入冷水鍋中，水要淹沒火腿，用中火燒約三十分鐘，剖開剔骨，用細麻繩圍繞紮緊，使成圓筒形，待冷卻定型，切為厚約六毫米的圓片，整齊地排放大湯碗中，再放入筍片、冬菇，加蔥結、薑片、紹酒及三百克雞清湯，上籠蒸至肉皮酥爛取出。

2. 選用黃芽菜心，直徑約八公分，根部要相連削成圓形，入沸水鍋中略煮，至半熟取出。

3. 把菜心放入有竹墊的砂鍋中，加蝦子及五百克雞清湯，用盤壓住，蓋鍋，在中火上燒沸，改用小火燜約半小時，端離火口，取出竹墊，將火腿片、筍片、冬菇排放在面上，再置中火上燒開，加鹽，端離火口即成。

以上兩種做法都是指宴席大菜，那位林姑娘是無論如何也吃不下去的，今日具體運用時應變通處置。在這方面紫鵑已為我們開了先例。當時正值九月，在北方是既無冬筍更無春筍，她就叫「配了點青筍」，這一著實在高明。青筍即萵苣，其質地鮮嫩如筍，北方人也稱它為青筍、萵筍。紫鵑的全家都在北方，她的語言和辦法都帶有北方人的特徵。

現在上海做這道菜的方法比較適合小型家庭使用，也順便抄錄於此，以資借鑒。

原料：去骨熟火腿一百五十克，白菜心六棵。

調料：雞湯七百五十克，黃酒五十克，精鹽五克，味精五克（抄者按：火腿是鹹的，放這些鹽、味精似乎太多了）。

做法：

1.白菜心洗淨後切成六公分長六公分粗的墩（即圓墩形），豎立著排放在大湯盆裏。

2.火腿切成四毫米厚六公分長的片共十二片，整齊地鋪放在白菜墩子上，加入雞湯、黃酒、鹽、味精，上籠蒸至菜爛取出，原湯盆一起上桌（味精應後加）。

此據《淮揚菜點選編》。淮揚指淮安、揚州一帶，乃黛玉讀書之地。

名酒·酒令

榮國府中多美酒

本篇想把對《紅樓夢》中各種名酒的考察結果作一簡介：

一、黃酒

通觀全書，黃酒出現的次數最多。這可能是因為江南黃酒多以優質糯米釀造（北方很少用糯米，多用黃黏米），高營養，低酒度，質平性和，不易傷人。同時還兼有舒筋活血、延年益壽之功，中醫常用它作藥引子，從而更受到人們的喜愛。黃酒在江浙兩省的產地很多，而以浙江紹興的產品歷史較久，名氣也最大，故一般常將黃酒稱為紹酒、紹興酒、老酒。寶玉生日那天，襲人特地向平兒要了一罈好紹興酒就是這個道理（六十三回）。

二、惠泉酒

惠泉酒是江蘇省無錫市的黃酒，一九七九年曾榮獲「國家優質酒」稱號，此酒最早是用優質糯米和惠泉水釀製。後因水源不濟，現在是用太湖水釀成。其歷史也很悠久，素負盛名，不但《紅樓夢》中兩次提及（十六回、六十二回），明清之際成書的文學名著如《醒世恆言》、《鏡花緣》等也都說它是好酒。一七二二年十一月康熙皇帝駕崩，雍正繼位，曹雪芹之父時在江寧織造任上，一次就發運了四十罈惠泉酒進京（見《關於江寧織造曹家檔案史料》一八三頁）。由此可見惠泉酒在宮廷之聲譽實在卓著，而賈府的主子和丫環都願吃惠泉酒也實在是事出有因。

三、「蜜水兒似的」黃酒

劉姥姥二進榮國府時吃的黃酒像「蜜水兒似的」（四十一回）。我分析這大概是指江蘇省丹陽縣產的封缸酒。理由有三：(1)丹陽有二千多年的釀酒史，因酒味醇美，係歷代貢酒。(2)「丹陽封缸酒」是濃甜型，曾被評為全國優質酒，其糖分竟達百分之二十八，比普通葡萄酒還高出一倍多。這樣甜的黃酒是十分少見的。(3)丹陽地處南京和蘇州之間，而曹雪芹的祖上曾在蘇州、南京供職多年，他們當然了解丹陽黃酒的身價。所以這種像「蜜水兒似的」名酒就具備了進入《紅樓夢》的可能性。

另外，紹興黃酒中的女貞也是含糖量較高的黃酒。

四、西洋葡萄酒

廚娘柳嫂子一見到芳官拿了個小玻璃瓶來，馬上就意識到這是來給寶玉燙酒了，便忙著拿「旋子」預備燙酒（六十回）。這說明寶玉是很愛吃葡萄酒的。柳嫂子看到那瓶中裝著的是「胭脂一般的汁子」，顯然是從西方進口的紅葡萄酒了。

五、桂花酒

書中沒有明確說到過「桂花酒」，但在寶玉祭晴雯時曾經寫過「漉醽醁以浮桂醑耶」的句子（七十八回）。「漉」指過濾；「醽醁」是美酒的代稱，相傳唐朝開國勛臣魏徵家釀製的葡萄酒很受讚賞，它的名字就叫「醽醁」。「浮」指沉浮；「桂醑」即桂花酒。桂花酒的釀製方法主要是：將桂花投入白葡萄酒中浸泡，要攪拌搖動，促使桂花香味充分溶解，過些時日後積沉過濾，便得到美味可口的桂花酒。這項工作以前都是由晴雯做的，而現在卻物在人亡，寶玉觸景生情，便發出了「漉醽醁以浮桂醑耶」的感嘆。如此看來，怡紅院裏應有自釀的桂花酒。寶玉愛吃葡萄酒，大觀園裏又不乏桂花樹，釀製桂花酒是很方便的。

六、御酒

貴妃賈元春歸省時，為了慰勞大觀園裏的管理人員，曾賜給御酒表示酬謝（十八回）。御酒是皇帝、貴妃專用的美酒，雖有的是宮廷自釀，但多數為各地進獻的貢品，亦即各地名酒。這種酒現在也能買到，可惜名目太多，本文無法一一列述。

七、合歡花浸的燒酒

因螃蟹性寒，黛玉吃後覺得心口微微的疼，要喝口熱熱的燒酒。寶玉忙道：「有燒酒。」便令將那合歡花浸的燒酒燙一壺來。黛玉也只吃了一口便放下了（三十八回）。此處曾有脂硯齋一段評語：「傷哉，作者猶記矮頔舫前以合歡花釀酒乎？屈指二十年矣。」從這段書評可以看出：作者約二十來歲的時候就喜用合歡花浸酒，以後便把這一愛好納入著作中。

合歡花是合歡樹上開的小黃花，有安神、解鬱等功效。用它浸酒喝不但能祛除寒氣，而且與黛玉的多愁善感、夜間失眠也正相符合。合歡花在中藥店裡有售，一般情況下的日用量在五～十克左右，如將五十克合歡花浸五百克燒酒，可飲用一個星期。若想體驗一下《紅樓夢》的風情，用合歡花浸京都的燒酒或者金陵大麯，那就更有意趣了。

八、果子酒

這是賈芹在水月庵裏胡鬧的時候買去的酒（九十三回）。可有兩種理解：

(1)我國水果資源豐富，有用香蕉、蘋果、橘子、荔枝等等比較單一的高檔果品釀成的酒，人們習慣於把它們統稱為果子酒或果酒。我國現在的評酒會上仍然是這樣稱呼。

(2)夏秋之際水果產區的酒廠大量收購山果野果雜而釀之，因無法標明是屬於何種果子，便籠統地叫作果子酒。這種酒的價格要低一些，賈芹家境寒素，買這種酒的可能性較大。

九、屠蘇酒

屠蘇酒是古代的人們過年時飲用的一種保健酒，也寫作屠酥酒或酴酥酒。

關於它的來歷有多種說法：一說是漢朝名醫華陀首創；一說是唐朝藥王孫思邈傳出；後又有人說這是一位住在屠蘇庵裏的人散發給鄉民的，但不知其名姓。從多方面的史料證實，以第一種說法比較可靠。因早在晉朝的《荊楚歲時記》中已有關於元旦日飲屠蘇酒的風俗，初唐詩人盧照鄰在《長安古意》一詩中又寫過「翡翠屠蘇鸚鵡杯」的句子，這都證明唐朝以前它已流行於世了。不過後兩種說法也不能認為就毫無根據。因古代沒有先進的通信設備，各種信息的交流全靠手抄口傳，待傳到後來，很容易與當代的傳播者聯繫起來，誰還去認真追究它的原始發明人呢？

到了宋朝，過年飲屠蘇酒已是非常普遍的事情。這不但有王安石、蘇東坡、陸游、文天祥等人留下的詩句，還有《夢粱錄》、《武林舊事》等反映民風民俗的書籍中均有文字記載。據稱每當進入十二月時，就有醫士向顧客贈送裝有藥物的屠蘇袋，以供人們能按時浸泡屠蘇酒。

明朝藥學家李時珍也很讚賞此酒，將方劑及用途收入了《本草綱目》之中：「用赤木桂心七錢五分，防風一兩，菝葜五錢，蜀椒、桔梗、大黃五錢七分，烏頭二錢五分，赤小豆十四枚。以三角絳囊盛之，除夕夜懸井底，元旦取出置酒中，煎數沸，舉家東向，從少至長，次第飲之。」又稱，飲酒後應將藥料渣子傾入井裏，歲飲其水，能避疫癘不正之邪。

由於屠蘇酒有這般好處，不僅我國人民長期飲用成習，並且還早已傳到了日本等友好鄰國。

但以上所說都是在元旦之日飲屠蘇酒，為何在《紅樓夢》裏卻是除夕日獻的屠蘇酒呢？（五十三回）這是各地習慣或各個人的愛好不同形成的差異，除夕那天就飲屠蘇酒的事也是有的。如陸游在《除夜雪》一詩中說：「半盞屠蘇猶未舉，燈前小草寫桃符。」作者飲酒時還在寫桃符，顯然是在元旦之前夕了。

隨著醫藥衛生事業的發展，現在人們已經不理會屠蘇酒的效用了，這是很可惜的。屠蘇酒服用簡便，價格低廉，又都是天然藥物，無副作用，真可謂是理想的防病良方，仍有提倡的必要。有人聽說屠蘇酒能避邪，就覺得似有封建迷信色彩。這是一種誤解。「邪」字乃為中醫術語，泛指能引起疾病的外來因素如風、寒、濕、暑及某些傳染病等等，它與巫婆、神漢宣揚的神鬼之邪是完全不同的。所以現代人仍然可以飲屠蘇酒。尤其在醫療條件不便的邊遠山區，飲屠蘇酒是一種很合適的預防疾病的措施。

十、「萬艷同杯」酒

第五回中記載：寶玉在夢中隨那太虛幻境的警幻仙姑走來，便有小丫環來調桌安椅，設擺酒饌。寶玉因聞得此酒清香甘冽，異乎尋常，又不禁相問。警幻道：「此酒乃以百花之蕊、萬木之汁，加以麟髓之醅、鳳乳之麴釀成，因名為『萬艷同杯』。」

這種酒雖說是我們的偉大作家設想的一種神物，但是我想我們今天也不是無能為力。我國地大物博，本來就是個百花之國、萬木之國，現在已有的名酒中也不乏那備受歡迎的露酒、果酒、葡萄酒，而且在長江上游已經用一百多種原料釀成了質量不錯的百花潞酒（四川涪陵酒廠產），那麼美麗而又富饒的長江下游是不是也能釀製出可供仙女們稱讚的美酒呢？我看回答應該是肯定的。關鍵就看哪家酒廠有這種興趣和魄力。金陵十二釵多在長江下游一帶「下凡」，是不應該讓別的地方為她們造酒的。

講究衛生要「篩酒」

《紅樓夢》書中曾兩次出現過「篩酒」一詞（二十八回、六十三回）。這是北方的方言，南方人謂之溫酒、燙酒。為什麼要篩酒？原來我國古代很少用蒸餾法做燒酒，多是用發酵法做壓榨酒。因這種酒的酒糟和酒液是混合在一起的，待要吃的時候需用網眼篩子墊布過濾，並隨即加溫。在這個全過程中篩所佔用的時間較長，因此就統稱篩酒。後來改為先過濾出清酒儲藏，臨吃時就不用現篩了，但加溫的這道工序還不能省去，故仍沿用篩酒一詞。篩酒的目的意義在《紅樓夢》中也作過明確解釋：「酒性最熱，若熱吃下去，發散的就快；若冷吃下去，便凝結在內，以五臟暖它，豈不受害？」（寶釵語，第八回）熙鳳也告訴過寶玉不要吃冷酒（五十四回）。

用現代食品科學分析，篩酒也是很有好處的。酒中除乙醇（即酒精）對人體有害外，還有甲醇、乙醛等也對人體不利。但它們的沸點很低，當加熱到攝氏二三十度的時候便開始揮發成氣體，飄逸到大氣中去了，減少了對人體的危害。可惜民間常用的那種錫酒壺亟待改進。純錫比較軟弱，做器具不易成型，故而錫匠用的錫中含有比例很高的鉛，常用錫壺篩酒易造成鉛中毒。這是不能不引起注意的。

再者，酒在現實生活中雖然有其一定的意義，但是飲用也要適量才好。我國人民對酒的是非功過歷來就有比較正確的認識：既看到少吃的好處，又警惕狂飲的危害，經常告誡人們不可過量。相傳生活在西元前二千多年的夏禹，得知他的臣子儀狄釀出了一種美酒，就預感到這是一種誤國害民的飲料，從此就疏遠儀狄。西元前一千多年建立了周朝，周公總結了殷紂王以「酒池肉林」為樂而使國力衰竭的教訓，曾頒布《酒誥》，並設有執行官嚴禁酗酒。古人尚且能如此，何況於今人呢？至於酒精對人體的危害及對社會造成的治安問題更是人所共知的。所以對酒不能過分貪戀，即使是最好的美酒也應該少吃才是。

酒令助興添歡樂

酒令是親朋好友在喜慶酒宴上的一種遊藝娛樂活動。始創於周朝初期，至今已有三千年的歷史。《紅樓夢》中行過酒令的地方達十六次之多，為我們探討古代酒令提供了非常形象化的實例。

酒令有「俗令」和「雅令」之分，界於這兩者之間的就屬「雅俗共賞」之列的了。不過這三者之間也沒有明確的標準界限，可以按照通行的慣例自己去理解。現據本人愚見將紅樓酒令試分如下：

一、俗令。是比較簡單，一般平民百姓隨意可玩的酒令。如：

1.拇戰。又叫猜拳、搳拳、划拳、豁拳等等，各地名稱不一。書中共出現四次：寶玉生日時，幾個人分組划拳（六十二回）；中秋之夜，賈珍與妻妾划拳（七十五回）；賈芹在水月庵與小尼姑們飲酒划拳（九十三回）；邢大舅、王仁、賈薔、賈環等在一起划拳（一百一十七回）。拇戰時兩人為一對，雙方邊伸出右手，邊大聲喊叫。有時還搖頭晃腦，吹鬍子瞪眼，搞得唾沫四濺，四鄰不安，是很不文明的。故而這種酒令在今天不宜提倡。

2.猜枚。是席間一人手握日常小物件或小食品如瓜子、松子、棋子、小錢幣之類，讓對方猜是單、是雙或是什麼顏色（圍棋子有黑白之分）。猜錯了要罰酒一杯。隨後再繼續猜下去。這種酒令如同小兒遊戲一般，通常不入大雅之堂。在書中共出現兩次：元宵節後東府裏唱戲，賈珍、賈璉、薛蟠之流在一起猜枚行令，百般作樂（十九回）；賈珍也曾和妻妾一起猜枚（七十五回）。

3.搶紅。寶玉生日之夜，「壽怡紅群芳開夜宴」時，寶玉說：「咱們也該行個令才好。」襲人道：「……我們不識字，可不要那些文的。」麝月笑道：「拿骰子咱們搶紅罷。」（六十三回）骰子是舊社會裏的一種賭具，用獸骨磨製，呈方塊形，約十毫米見方，共有六個斷面。每一面分別鑿取一、二、三、四、五、六個小點子。第一點略大，呈凹陷，紅色，第四點也塗紅色，其餘各點塗黑色。「搶紅」是把骰子投擲到小令盆裡，它旋轉幾圈即穩定下來，以擲得的紅點之多少決勝，負者要受罰飲酒。

二、雅令。這是官場及文人雅士愛玩的一種酒令，多要有詩詞歌賦穿插其間，還要設有執行監督任務的令官，席間人不論地位身分的高低，都得聽從令官的指揮。如：

1.《紅樓夢》第四十回中「金鴛鴦三宣牙牌令」，叫過賈母的一等大丫環金鴛鴦當令官。她一上任就發布命令說：「酒令大如軍令，不論尊卑，唯我是主，違了我的話，是要受罰的。」說完，她就像一名正在征戰的將軍，指揮起一切來了，連賈母、薛姨媽等人都得聽從她的調遣。玩牙牌令要有特製的酒令牌，令官按牌命題，席間人輪流作答，答者得用合乎音韻的話語或者詩詞對答，難度很高，連才思敏捷的林黛玉都被搞得六神無主，在慌亂之中竟抛出戲曲裏談戀愛的唱詞去搪塞。具體玩法詳見第四十回。

2.射覆。要玩此酒令時，寶釵笑道：「把個酒令的老祖宗拈出來……比一切的令都難。」（六十二回）寶釵的話確實不錯。它始於漢朝初期，中間幾經演變，最後形成了如《紅樓夢》中的形式。該令雖然不是最老，但也可以放在「祖宗」之輩了。

「覆」是指將某個字或某件事物隱蔽在題目中，讓對方去猜，這猜者就叫作射。若對方猜準了，並能也用隱語作答，就能得勝。如果猜不準，或者不能用恰如其分的隱語對答，就是輸了，得受罰飲酒。譬如寶琴與香菱二人射覆時，寶琴看到了「紅香圃」三個字，就圍繞著「圃」字出題目，說出一個「老」字，取孔子之言「吾不如老圃」之意。若香菱射出個「藥」字就是射中了。因這個紅香圃是種芍藥的地方，而芍藥是一味中藥，又是多年生草本植物，所以芍藥圃必定是個「老圃」。再如李紈和岫煙二人射覆時，李紈覆了一個「瓢」字。因古代曾把酒杯稱作瓢，文人又把酒杯叫作「綠樽」，岫煙一看就知道她覆的是酒杯，便射了一個「綠」字，也是指酒杯，是射對了。於是「二人會意，各飲一口」，表示這一輪射覆未分勝負。像這樣拐來拐去的複雜問題，如沒有一定的文學知識、歷史知識、植物學知識及迅速的想像力，是很難玩起來的。

3.擲曲牌名兒。是用擲骰子的方式把四個骰子投擲到令盆裡，看擲出個什麼樣的點子來。什麼點子代表什麼意思都有明確規定。輪到誰對答時，得用《千家詩》中的語句相答。《千家詩》中有絕句和律詩二百多首，若一下子就能背誦出合適的句子也是很不容易的（一百零八回）。

4.月字流觴。觴指酒杯，流觴之事原是周朝的一種占卜活動，後演變為文化娛樂，盛行於晉朝（二六五～四二〇年）。長安（今西安）東南方約六公里處有一條江，因彎彎曲曲，便取名曲江。岸邊風景秀麗，一些文人墨客喜在上游放入酒杯，讓其順江而流。酒杯流到彎曲處會自行靠岸，岸上的人即取杯而飲。他們邊吃酒邊吟詩，非常有趣。隋、唐兩朝都把此處闢為宮廷貴族遊樂的場所。杜甫在其《麗人行》一詩中說道：「三月三日天氣新，長安水邊多麗人……御廚絡繹送八珍。」（指古代八種珍貴的食物）就是指楊貴妃等人在此宴飲的情形。但是北方天寒，只在曲江流觴不是長法，有人就把這種形式移植到室內進行，讓酒杯在餐桌上順序流傳，傳到誰的面前誰就要飲酒吟詩。這詩是有規定的，指明詩句中必須帶有「月」字的就叫「月字流觴」之令。這次是賈薔自任令官，故舉杯說了句「飛羽觴而醉月」。語出自李白《春夜宴桃李園序》一文，不但帶出了「月」字，而且說明了是在行流觴之令，一語雙關，恰到好處。邢夫人的弟弟邢德全是個無賴酒徒，屬薛蟠之類的人物，別人稱之為「傻大舅」。他一看這架勢，自己肯定答不上來，立刻就把它推翻了，改為自己擅長的划拳（一百一十七回）。

三、雅俗共賞的酒令。寶釵不願玩那種很費腦筋的雅令，便建議換個雅俗共賞的酒令（六十二回），也就是既文雅而又難度不大的酒令。如：

1.擊鼓傳花。相傳此令始於唐朝，盛行於宋朝。書中共出現三次：一是元宵之夜擊鼓傳梅（五十四回）；二是平兒設宴時擊鼓傳芍藥（六十三回），三是中秋佳節擊鼓傳桂花（七十五回）。玩這種酒令只要有一隻「令鼓」和一朵「令花」就行了。待酒過數巡，賓主之間似乎都無話可說了，便可提議玩傳花之令。取過令花放在某人手中，另有一個人持令鼓背桌而擊。座中人聽到鼓聲即順序向時針走行的方向傳花，鼓聲急要傳得快，鼓聲徐便傳得慢，鼓聲停時花落在誰的手裏誰就被罰飲酒一杯，說笑話一個，倘不會說笑話或者不能引得大家都笑起來，還要再罰飲一杯。接下去繼續擊鼓傳花。

2.占花名兒。寶玉生日之夜，眾丫環湊份子出錢給寶玉祝壽。席間寶玉提議來個占花名兒，大家贊同，於是就玩起占花名兒來了（六十三回）。所謂占花名兒，其實就是輪流抽籤。須事先準備好一個籤筒、若干支花名籤子、四個骰子。因籤子上有花，誰抽到什麼花誰就成了這朵花的代表。參加這次夜宴的共十六人，他們的座次方位是：

湘雲　黛玉　李紈　寶釵　探春　寶琴

寶玉　　　　　　　　　　　　　香菱

北↑　襲人　芳官　小燕　四兒　碧痕　秋紋　麝月　晴雯

人坐定後，晴雯拿了一個竹雕的籤筒來，裏面裝著象牙花名籤子，搖了一搖，放在當中。又取過骰子來，盛在盒內搖了一搖，揭開一看，裏面是五點，依次向右首數去，數到寶釵。寶釵將籤筒搖了搖，伸手抽出一根。大家一看，籤子上畫著一枝牡丹，又注著一行小字：「在席共賀一杯。此為群芳之冠，隨意命人，不拘詩詞雅謔，道一則以侑酒。」眾人都笑了：「巧得很，你也原配牡丹花。」說著，大家共賀了一杯。寶釵便笑著說：「芳官唱一支我們聽罷。」

芳官唱了一曲，寶釵又擲骰子，擲了個十六點。依次數去，數到探春。探春伸手抽出一根，是一枝杏花。小字寫的是：「得此籤者必得貴婿，大家共賀一杯，共同飲一杯。」探春一看這字，羞得漲紅了臉，連忙把籤子扔到地下去了，也不肯吃酒。眾人拾起來看時，都道大喜！大喜！她必得貴婿，於是三四個人強死強活地灌了她一杯，逗得滿堂歡笑。

湘雲又強制著探春擲了個十九點，依次數到李紈身上。李紈抽出一根籤子，上畫一枝老梅，下面注著「自飲一杯，下家擲骰」。李紈的下家是黛玉，便將骰子推給黛玉了。黛玉又一擲，是個十八點，數到湘雲。湘雲又擲了個九點，數到麝月……當輪到黛玉第二次擲骰時，籤子上寫著「自飲一杯，牡丹陪飲一杯」，牡丹就是指薛寶釵，因她抽籤時抽著的是牡丹。如此循環不已，一直抽到深夜方散。

今天若玩這種酒令已有諸多不便。主要是難以弄到那樣高貴的酒令器具。但可以比照這種形式作些變更。譬如那骰子可以省去不用，改成別的輪流方式；象牙花名籤子可改做塑料花名籤子；籤筒用筆筒或者別的什麼筒子代替也是可以的。具體玩法可考慮改為如下形式：

先由一人抽出一根籤子。倘這籤子上寫著「請某某唱一支歌，大家共賀一杯」，要先聽唱歌，然後大家共飲一杯為賀。若座中人有的會說笑話，有的會演滑稽，有的會奏樂器，有的能即興賦詩等等，也都可以寫上去，待輪流抽出以共同娛樂。《紅樓夢》中的那些花名籤子是作者精心設計的，有很強的針對性，都是恰如其人的。我們今天寫花名籤子也必須事先了解好入席者的性格特點及其愛好，也做到能恰如其人，使之既有娛樂性和知識性，又要切忌強人之難，以免弄得人家下不了臺，不歡而散。若座中有長輩或比較尊貴的客人，也以不寫上去為宜。

四、要善於創制新的酒令。酒令既然是一種遊藝活動，自然不應有千古不變的固定模式，而應不斷創作出新的花樣才能使人感到新鮮有趣。這在《紅樓夢》裏也有先例。如賈寶玉在馮紫英家的宴席上就曾自動充任「令官」，並獨出心裁地發布了一條新設想的酒令：要用悲、愁、喜、樂四個字組成四句話，並要句句帶出「女兒」兩字來……如果說不出，即受罰飲酒（二十八回）。清朝的另一部文學著作《鏡花緣》中也曾屢出新令，妙趣橫生（見《鏡花緣》八十二至九十三回）。

除上所述，另外還有不少新巧別緻的酒令，如投壺、拆字、聯句等等。因超出了《紅樓夢》的範圍，此處就不多說了。但僅從以上各點已可看出：飲酒行令是一種很好的遊藝活動，具有多方面的積極意義。可歸納為五點：

1.為酒宴增添很大的歡樂氣氛。

2.是勸進酒的一種方式。親朋好友對坐暢飲，好客的主人總是要勸客人多吃幾杯。如果僅用請、請的話語勸進酒，就顯得很單調，很乏味。若有了酒令就活潑而又自然了。

3.可增長知識。行酒令是一種猜謎活動，需要會動腦筋。尤其是那些「雅令」，不但要有一定的文學修養，還要求能隨機應變，思路寬廣，這就得去認真思索，可訓練和開發人的智力。

4.能增進友誼。新友相會，雙方都不了解，談話也顯得拘謹。若行起酒令來，氣氛頓時活躍，彼此談話自如，很快就會熟悉起來，也就很自然地增進了相互之間的了解和友誼。而老朋友之間也會感到關係更加融洽。

5.還能促進身心健康。會喝酒的人都懂得：若在借酒消愁，易醉而傷身。正如有酒中仙之稱的大詩人李白所言，「舉杯澆愁愁更愁」。但在心情愉快的時候與幾個知心好友促膝而坐，款敘漫談，則不易吃醉。古人對此早有深切的體會，《史記》中記載戰國時齊人淳于髡足智多謀，滑稽善辨，曾多次出使外國。因在一次重要的外交活動中立了大功，國王設宴慶賀，問他飲幾何而醉?淳說如恐懼俯伏而飲，不過一斗就醉；若心情歡快可有十斗的酒量。他的話固然有誇大之處，但也不可否認確有一定的道理。心情舒暢時，氣血運行正常，酒氣發散得也快，不致鬱結於胸中，所以就大大減輕了對人體的危害。

由此可見，酒令是我國古老的飲食文化中的一個組成部分，不應讓其自消自滅，而有發掘、整理和繼承之必要。

乾鮮果品

栗子松子與榛穰

有一次襲人對寶玉說：「我只想風乾栗子吃，你替我剝栗子，我去鋪床。」寶玉果然給她剝了栗子（十九回）。

風乾栗子即生栗子。按照現代人的習慣，人們多愛吃熟栗子，怡紅公子的屋裏為何要放生栗子呢？

這是古代遺風。栗為我國著名山果，南北各地均有出產，以河北省的產品質量最佳，早在漢朝已聞名天下。如司馬遷讚曰，「燕秦千樹栗」（《史記》第一二九卷）。曹雪芹的祖父經常由江南赴北京述職，曾寫過「棗栗足幽燕」的句子（《楝亭詩別集》卷三），也是稱讚燕地（河北省）栗樹之盛。當代之外國人則說河北省的栗子是東方珍珠。我國人民在長期的食栗過程中發現生栗子能養胃健脾，補腎壯腰，主治腰腳無力。宋朝文學家蘇轍曾有詩云：「老去自添腰腳病，山翁服栗舊傳方，客來為說晨與晚，三嚥徐收白玉漿。」意思是謂人到老年自然會患腰腳病，山翁傳有解救之方，可每天早晨和晚上各吃一次生栗子，必須細嚼，嚼出白玉漿水後緩緩嚥下。熟栗子也有這種功效，但不如生者力大。所以《食療本草》稱「生食治腰腳」；唐朝藥王孫思邈亦在《千金方》中有言：「生食之，甚治腰腳不遂。」

風乾栗子的製法：新收獲的栗子不要暴曬，攤放在乾燥通風處待其自然吹乾，用小布口袋盛裝懸掛起來備用，不得放在密不透風的容器裏。

但栗子生者難以消化，熟後又易使人胸悶氣滯，所以不論生熟都不宜多吃。若頓食至飽，反致傷脾。

春節過後，襲人被叫回自己家裏去吃年茶（襲人是賈府買的女僕，平時不准回家，吃年茶是回家團圓的藉口）。寶玉閒得無聊，便也偷跑到襲人家去玩耍。襲人見無什麼可吃之物，便拈了幾個松子穰，吹去細皮，用手帕托著送與寶玉（十九回）。

庄頭烏進孝來交年租年禮時也有二口袋松子穰（五十三回）。

我國北方有一種叫海松的高大樹木，民間俗稱紅松，是用途廣泛的優質建築材料。此樹上長有松塔，其夾縫中藏著樹種，即名海松子。是油料作物，也是著名乾果，又可潤肺通腸，故常做高級點心和上等菜肴中的配料。

松子外有硬殼，內有細皮，果仁比葵花仁略大，淡棕色，油潤光亮，嚼之有松柏之天然香味。東北產者良，西北產者差，西南的雲、貴等省也有出產。若當乾果食用，也需鹽漬砂炒。

《隨息居飲食譜》說：「海松子，甘平，潤燥。補氣充飢，養液息風，耐飢溫胃，通腸避濁，下氣香身，最宜老人。果中仙品，宜肴宜餡，服食所珍。」因它有如此妙用，所以賈母吃的月餅和點心中都有松子仁。

由於它能潤腸通便，凡脾虛便稀者不宜進食松子。

庄頭烏進孝來交年租年禮，有榛穰二口袋（五十三回）。

黛玉在寶玉的壽宴上拈了一個榛穰（六十二回）。

榛穰指北方著名山果榛子仁。主要產地在吉林、黑龍江、內蒙古等省；河北、四川等地也有出產，食用價值不及前者。

榛樹係落葉喬木，春開黃、紅雌雄花，秋結圓形硬皮果，即叫榛子。形似浙江產的山核桃。

果仁肥白而圓，味道近似栗子，故又叫榛栗。《詩經》曰：「樹之榛栗，椅桐梓漆。」（《國風・定之方中》）這說明它在二千五百多年前就受到人們的喜愛，注意栽培。

榛子的含油量高達百分之五十左右，故常做乾果食用，但需鹽漬砂炒。據《本草綱目》稱：「榛仁益氣力，實腸胃，令人不飢，健行。」因其能耐飢健行，古代曾充作軍糧。又據《隨息居飲食譜》云：「榛，甘平。補氣、開胃、耐飢、長力，厚腸，虛人宜食。」林黛玉弱不禁風，走起路來氣短力衰，搖搖擺擺，作者讓她吃榛子仁是非常合適的。

嚼砂仁與乞檳榔

賈珍的浪蕩兒子賈蓉和他二姨搶砂仁吃，尤二姐嚼了一嘴渣子，吐了他一臉（六十三回）。

砂仁原名「縮砂密」，是南亞熱帶地區薑科植物的種子，我國廣東省陽春縣也有出產，稱春砂仁。它既是辛香性的調味品，又是芳香性的健胃理氣藥。《本草綱目》說：「補肺醒脾，養胃益腎，理元氣，通滯氣。」又據《常用中藥知識》介紹稱：「氣味芳香濃烈，能健胃、化濕、止嘔。適用於胸胃脹悶、消化不良、嘔吐，對婦女妊娠嘔吐有效。」尤二姐家境寒素，本人又放蕩無羈，近日來至寧國府作客，酒菜豐富，難免有胸胃脹滿消化不良之患，故需吃砂仁以健脾胃。

賈璉素聞尤氏姊妹之名，恨無緣得見。一日借故進入寧國府中巧遇尤二姐，便無話找話地說道：「檳榔荷包也忘記了帶了來，妹妹有檳榔，賞我一口吃。」（六十四回）。

檳榔樹係棕櫚科常綠高大喬木，一般都在十公尺以上。主要產地在南亞諸國及我國之廣東、福建、台灣、廣西、雲南等熱帶省份。這種樹上結的果子形似橄欖，皮有棕色細紋，味澀，苦中帶甜，嚼出紅汁，能健胃消食，並驅除腸蟲。因當地人常用來招待賓客，故叫做「賓郎」，又因它出於木本植物，按照漢字的書寫規律就寫為「檳榔」。

《隨息居飲食譜》談到其作用時說：「除脹泄滿，宣滯破堅，定病和中，通腸逐水。制肥甘之毒，膏粱家宜之。」此處的「膏粱家」指酒肉豐盛，常吃肥甘食物的富貴人家。我國的飲食理論認為這類食品長期積於體內會產生毒素，夏天魚肉易腐即是明證。而檳榔能制止「肥甘之毒」的形成，所以那些豪門富家更需要它。

但檳榔是南方佳果，在北方罕見，因此北方一些富貴人家的子女以能吃到檳榔為榮耀。有些花花公子還要在腰間帶著檳榔荷包招搖過市。賈璉、尤二姐即此之輩也。賈寶玉懾於賈政的權威，是不敢帶檳榔荷包的，續書作者在八十二回裏忽讓襲人繡檳榔荷包似乎有違作者原意。

近來有的南亞國家聲稱若吃檳榔過多也會導致癌症，但此說尚未得到大多數人的證實。不過我國的飲食經驗是：食物進入人體不是平均分配，而是各有其走向，此即謂之「歸經」，倘過食某種食物會使某一個方面增氣，「氣增而久，夭之由也」（《內經》語），因此吃任何食物都要有節制才好。

鮮荔枝與白海棠

三小姐探春偶感風寒，寶玉遣人送去一盤新鮮荔枝（三十七回）。寶釵派人給寶、黛送過蜜餞荔枝（八十二回），薛姨媽也命人給賈母送過蜜餞荔枝（八十三回）。

荔枝是我國南方產的名貴水果，素有果中之王的美稱，歷來受到人們的熱愛。如唐朝詩人白居易說：「瓤肉瑩白如冰雪，漿液甘酸如醴酪。大略如彼，其實過之。若離本枝，一日而色變，二日而香變，三日而味變，四五日外，色香味盡去矣。」（《荔枝圖序》）他還有詩讚曰：「嚼疑天上味，嗅異世間香，潤勝蓮生水，鮮逾橘得霜。」宋朝文學家蘇東坡曾被貶官廣東，心情自然是不舒暢的，但當吃到荔枝後則高興地寫道：「日啖荔枝三百顆，不辭長作嶺南人。」他竟因此不願離開廣東了。

唐朝貴妃楊玉環非常愛吃荔枝。但由於荔枝不耐久存，便用快馬飛送。詩人杜牧形容當時的情景是：「長安回望繡成堆，山頂千門次第開。一騎紅塵妃子笑，無人知是荔枝來。」賈府吃的鮮荔枝自然也是來之不易的了。

《隨息居飲食譜》對荔枝的食用價值作過詳細說明：「甘溫而香。通神益智，填精充液。避臭止痛，滋心營，養肝血。果中美品，鮮者尤佳。以核小肉厚而純甜者勝。多食發熱，動血損齒。」

荔枝的品種很多，名號甚繁。其中最有名的是：

「掛綠」，在暗紅色的果皮上從上至下似有一條綠線纏繞而得名。果味清甜，品質優良，曾為進獻皇帝的貢品。但產量不多，主產廣東增城一帶，他地也有部分種植。

「妃子笑」即楊貴妃喜愛的品種，主產四川合江、廣東佛山等地。其果體較大，肉厚質嫩，清甜多汁，微有香氣，核極小。

另外還有許多優良品種，本文不能細說了。

鑒於荔枝收獲後不耐貯存，產地常將其加工成荔枝乾、荔枝醬、荔枝膏、荔枝蜜餞及荔枝罐頭等等，以便久藏致遠，賣個好價錢。寶釵家的荔枝蜜餞即因此而來。

但荔枝「性溫」，並有降低血糖的作用，多吃易病。輕者惡心乏力，重則身熱頭暈，牙根腫痛。蘇東坡說「日啖荔枝三百顆」乃是文人的誇張之詞，切不可當實數去理解。

怡紅院裏原有一棵西府海棠，開紅花（十七回），賈芸又送來兩棵白海棠（三十七回），使紅白相間，更為鮮艷。

賈府裏種海棠固然是為了賞花，但它是小喬木，也是會結果子的。

海棠果的主要產地在陝、甘、晉、冀、魯、豫等北方諸省，形狀似初生之小蘋果。果色有紅、黃、淡黃三種。果質清脆，甜而微酸，略有清香。成熟期約在七月底至八月初，恰是果品淡季，能補充市場之需。可惜其身價不高，不值得長途運輸，通常只在就近處銷售。

朱橘黃橙青橄欖

一場大雪把大觀園裝飾成了個琉璃世界，寶玉及眾姊妹都在蘆雪庵玩耍吟詩。襲人遣人來給寶玉添送衣服，李紈命人將朱橘、黃橙、橄欖等物盛了兩盤帶與襲人去（五十回）。

朱橘即果皮呈紅色的橘子，體形扁而小，舊時又叫「珠橘」，是形容其如算盤珠一般。賈府裏的那些小姐都是「櫻桃小口」，且食量不大，吃這樣的小橘子最為合適。

經改良品種，現在的朱橘比以前大得多了，但每只重量仍不過五十克左右。主要產地在蘇、浙、閩、贛、川、湘等省。書中所寫似指蘇州郊區之「洞庭紅」。白居易曾有詩云「果擘洞庭橘」，這說明蘇州紅橘早在唐朝就引起人們的關注。曹雪芹出生於江蘇，並在南京度過了他的幼年期，他自然要寫最熟悉的事物。

不過就橘子的質量而論，蘇州紅橘不如浙江黃岩的紅橘子好。其早熟者味酸，只有晚橘才比較可口。

吃橘子也必須有節制。少吃固然有益，但其性質偏涼，若食用過多反致助濕生痰，有礙健康。

橙是柑橘類水果中的最佳品種，汁多味甜，風味獨特。因外皮顏色多為黃色（四川有少量赤橙），又稱黃橙、金橙、甜橙。主要產地在廣東、福建、台灣、四川、湖南等省。

橙與橘的外觀區別是：

1.橙多為圓球形，個大堅實；橘常呈扁圓形，體質鬆軟。

2.橙皮緊密，很難剝離；橘皮易剝。

3.橙體內有中心柱；橘子的中心多是空的。

4.橙耐貯存，可長途運輸；橘怕碰撞，很易腐爛。

唐代大詩人杜甫曰：「勸客駝蹄羹，霜橙壓香橘。朱門酒肉臭，路有凍死骨。」這說明橘和橙歷來為貴族家中的席上珍品，賈府也是貴族階級，當然是不會缺少的。

橄欖是橄欖樹上結的果實。主產粵、閩兩省。

《本草綱目》介紹其特點時說：「此果雖熟，其色亦青，故俗呼青果。其有色黃者，不堪，病物也。」「橄欖樹高，將熟時，以木釘釘之，或納鹽少許於皮內，其實一夕自落，亦物理之妙也。」《隨息居飲食譜》稱：「橄欖，一名青果。開胃生津，化痰滌濁，除煩止渴，涼膽息驚，清利嗌喉。」

由於它有這般好處，人們多喜在氣候乾燥的冬季食用。北方寒冷，室內要生火取暖，易令人喉乾唇焦，就更需要吃橄欖了。

橄欖的天然味道並不見佳，常需糖漬、鹽醃或藥製後上市。南方人把它視為俗物，水果店裏比比皆是，愛吃未製橄欖的人也為數不少；還有的人願將橄欖砸扁以後泡茶飲。

橄欖之形狀大多為橢圓形，兩頭略尖，似紡錘。但廣西地區還有一種方形橄欖，有三角或四角，俗呼波斯橄欖，可能與波斯國（伊朗）的橄欖同屬一種。

園中有石榴

大觀園裏有一棵石榴樹（二十七回）。

石榴是原產我國西部及西亞地區的一種水果，漢朝使臣張騫出使西域時由安石國帶回，故名「安石榴」，現通稱石榴。此樹有的如灌木叢生，有的似小喬木，但喬木根部仍會長出一些枝條。將枝條培土而壓，不久即可生根移栽。又因石榴還有很好的醫療作用，所以一旦傳入內地就逐漸繁衍開來，現在南北各地均有栽培，以北方居多。其春天開花，秋天結果，果內多籽粒。有的純甜，有的很酸，有的則甜中帶酸，是我國北方人民在中秋節時喜食的佳果。以陝西臨潼、安徽懷遠附近的產品質量最好，山東棗庄、濟南和江蘇徐州一帶的石榴也屬上乘。

因它多子，古人常把石榴和南瓜作為象徵多子多孫的吉祥物。

石榴的藥用部分主要是花、皮及樹根。

在華南地區另有一種叫「番石榴」的果品，是由南美洲傳到我國的，與安石榴不同種，不在此例。

桑榆燕子粱

林黛玉在稱頌稻香村時寫過「桑榆燕子粱」的句子（十八回）。這說明大觀園中有桑樹，有桑樹就必然要結桑果，民間俗稱桑葚子。

桑葚味甜微酸，中醫認為它能養血滋陰，補肝益腎，止渴解毒，潤肺通便，祛風濕，利關節。以熟透發紫或發黑者佳，紅色的次之，青紅相間者說明還未成熟，不可吃。主要產地在盛產絲綢的蘇、浙、湘、川等南方省份。但它十分嬌嫩，不便長途運輸，通常只在鄰近地區銷售。過剩的部分則可釀酒或製膏，均有很好的補益功能。

《隨息居飲食譜》介紹它的吃法是：「可生啖（宜微鹽拌食），可飲汁，或熬以成膏，或曝乾為末。設逢欠歲，可充糧食。久久服之，頭髮不白。以小滿前熟透色黑而味純甘者良。熟桑葚，以布濾取汁，瓷器熬成膏收之，每日白湯或醇酒調服一匙。老年服之長精神，健步履，息虛風，靜虛火，兼治水腫脹滿、瘰癧結核。」

這裡需注意兩點：

1. 在加工桑葚時不可讓其接觸鐵器。
2. 如欲曝乾收貯，應先入飯鍋蒸熟才易乾，並能久存。

葡萄結成串

大觀園裏結著串串葡萄（六十七回）

葡萄也是張騫出使西域時引入內地的（陝西地區原先就有葡萄，粒小，不出名）。它那翡翠般的累累果實和甜酸鮮美的味道立刻引起人們極大的興趣，不但在御花園裏種植，還很快傳遍了全國各地。但其最適合在北方的土質和氣候條件下生長，南方比較稀少。有四種用途：

1. 觀賞。大觀園裏種葡萄首先是為了觀賞，成熟後的葡萄如同寶石一般串串下垂，非常好看。

2. 是水果中的上品，可以生吃。但大宗產地靠生吃是吃不完的，就要加工成葡萄乾，以便長期貯藏或外運遠銷。以新疆吐魯番產者質量最佳。

3. 釀酒。歐洲和西亞的一些國家很早就用葡萄釀酒。隨著它的東移，釀酒法也傳入我國內地。到了唐朝用葡萄釀酒法已是很普遍的事情，有些大官僚家竟設有專門的釀造作坊。但是宋朝以後此風逐漸衰落，到了清朝才又在山東等地復甦。現在葡萄酒廠已遍布東北、華北及華東地區。

4.有醫療作用。中醫認為葡萄能除煩解渴，益氣補血，健胃利尿，強壯筋骨，解毒止嘔。同時它的葉和根也都入藥。

倘一次食入量過多也會傷胃，並能導致腹瀉。

柚子圓又香

劉姥姥二進榮國府時仍帶著小外孫板兒。板兒從巧姊處得到一個柚子，又香又圓，更覺好玩，且當球踢著玩去了。（四十一回）

柚子又叫「文旦」，也是柑橘類水果中的一個分支，只是體形要大得多。生長環境與柑橘相似，主產南方各省。共有幾十個不同的品種，其中最著名的是沙田柚和福建文旦。

沙田柚產廣西窩縣沙田村一帶。果形底寬上窄，狀如北方的葫蘆，每個重量小者一斤多，大的可達三四斤。味甜微酸，曾為貢品。

福建文旦主產福建省漳州附近，因果瓤透明，也叫水晶文旦，果形略圓。賈府裏的那個柚子可當球踢著玩，可能是指福建文旦。

浙江的金華、衢縣地區也產柚子，雖不及以上兩種，可也算上乘。

柚子能理氣、消食、下痰，並治孕婦食少口淡，故南方孕婦多愛食之。但若多吃，弊與橘相同。熙鳳屋裏有柚子，說明她已懷有身孕，是為五十五回中的「小產」預設的伏筆。

瓜子富營養

瓜子是老少都愛、四季皆宜的小零食，所以薛姨媽家中、賈寶玉屋裏及尤二姐房中都備有瓜子（八回、十九回及六十六回）。

瓜子共有三個大類，其中又分若干小的品種。各類瓜子都有很豐富的營養。

1.黑瓜子。用西瓜的瓜子炒製而成。有一種多子西瓜，不上市銷售，專供取子，主產長江以北諸省。

2.白瓜子。許多菜瓜都可取子，以南瓜之子最受歡迎，故白瓜子通常是指南瓜子。主要產地在東北、華北及雲、貴等省。江南的浙江境內有也部分出產。南瓜子不但另有一種滋味，還可治病強身。如日食五十～六十克南瓜子能驅除蛔蟲、絛蟲（兒童應減半），生吃效果更佳。若多吃也會使人有氣滯之感。

3.葵花子。即向日葵的種子。因含油量大，炒熟後味很香，南方人俗呼香瓜子。各省都有種植，大宗產地是東北和華北。因物美價廉，深受城鄉廣大人民的喜愛。又據現代食品科學分析，香瓜子還能降低高血壓。

紅菱雞頭饋湘雲

寶玉叫給史湘雲去送食品，其中有紅菱和雞頭兩樣鮮果，都是大觀園裏新結的果子（三十七回）。

紅菱是水生植物菱角的一個品種。多數菱角皮厚質硬，含澱粉多，通常是煮熟吃。而紅菱卻不同，它體內水分多，糖分高，澱粉質少，比較鮮嫩，適宜生吃。因外殼呈粉紅色，故叫「紅菱」。主要產於江蘇、浙江及鄰近省份，早就受到人們的喜愛。如北宋和南宋的京都中都有紅菱和雞頭充斥於市（見《東京夢華錄》卷八、《夢粱錄》卷十八）。

生菱角甘涼，脾胃虛弱的人不宜吃。現在水質污染嚴重，不吃生菱為好。

雞頭是一年生草本植物「芡實」的別名。生長在湖泊池沼的淺水中，葉子圓形，如同漂浮在水面上的小荷葉一般。開紫色花朵，花謝後結的果殼像雞頭，民間即俗稱雞頭。鮮時可當水果生吃，老後收穫的種仁叫芡實米，能健胃化濕，益精強志，利耳目，是滋補佳品，最宜老人。煮熟的芡實味似蓮子，很好吃。

芡實多為野生。其適應性很強，從東北到華南都有它的足跡。江浙兩省是我國的著名水鄉，更是隨處可見，有「湖多蓮芡不論錢」之語。

李子滋味美

有一次看門的小廝向柳嫂討果子吃，惹得柳嫂沒好氣地發了一通牢騷，說昨天她剛從李子樹下一過，就有看園子的人喊叫……（六十一回）

李子樹是薔薇科落葉小喬木，春天開白花，夏季結圓果，即叫李子，又叫嘉慶子。能清肝滌熱，生津止渴，味道酸甜可口，婦女多喜食，相傳古代女子還要在農曆節氣立夏之日舉行李會哩。活動內容是將鮮李搗汁和酒飲，能「防疰夏，駐顏色」，即開胃美容。

此果的栽培歷史也很悠久，現幾乎各省都有出產。其中比較有名的品種是：北京大紅李，江蘇桂花李，浙江檇李、金塘李、貴州脆李、廣東華南李、福建芙蓉李以及台灣大紅李。

新收獲的李子質硬，味道還有點酸，若能存放幾天再吃會味道更佳，故民間有「李熟梅生」之語，即李子應吃熟透的，梅子要吃欠熟的。

多吃會生痰，助濕熱。

木瓜祭靈堂

林黛玉屋裏素日常擺著新鮮花果木瓜之類。但是她體質虛弱，是不大吃生冷瓜果的。寶玉分析這可能為祭奠生母而設，取《禮記》中說的「春秋薦其時食」之意（六十四回）。

木瓜也是原產我國的水果，早在周朝已是互相傳情的禮品，《詩經》中就有「投之以木瓜，報之以瓊琚」的詩句。木瓜的栽培史至少應有三千年了。因其體形像小甜瓜，可是卻長在樹木上，得木之正氣，故取名木瓜。瓜味酸澀，要經過加工複製後才可生吃。但它形狀很美，外皮濃香，又耐久藏，多供室內觀賞，古時還有人把其佩帶在身上。

木瓜又是一味常用的名貴中藥，有舒筋活血，和胃化濕，舒肝止疼等功效。平日常見的木瓜酒就是用木瓜泡製的。宣州（今安徽省宣城地區）的產品質量最佳，稱「宣木瓜」。

另外我國華南地區還產一種叫「番木瓜」的果品，來自美洲熱帶國家，在我國落戶近三個世紀。其酸甜可口，能清熱解暑，且用途廣泛；可生吃，可炒菜，可製清涼飲料。它與前述木瓜不同路，不同種，不屬一物。

西瓜解暑熱

呆霸王薛蟠生日時，好友程日興送來了大西瓜（二十六回）。有一次，薛姨媽和林黛玉等人在王夫人屋裏吃西瓜（三十六回）。過中秋節時，賈府備了大量西瓜（七十五回）。

西瓜原產非洲。因其種子的生命力很強，現已傳遍世界各地。我國西部地區早有栽培，後五代時（九〇七～九六〇年）又經西部地區傳入內地，人們就把它稱作西瓜。歷千年繁衍，現在南北各地均有種植了，鑒於其祖籍是炎熱乾旱的沙漠地帶，不喜雨水，所以我國產的西瓜至今仍以少雨的西北各省質優。山東德州和河南開封、河北保定的西瓜也屬上等。江南沒有得天獨厚的條件，就千方百計地改良品種，也培育出了不少優質西瓜。

我國是醫食同源的國家，在對西瓜的食用過程中自然也會觀察和研究其藥用功能。結果發現瓜皮、瓜子、瓜子殼、瓜葉、瓜藤皆有用處，尤其是西瓜皮的作用更大。所以吃西瓜後也應考慮將西瓜皮吃掉。吃法如醃、拌、炒、煮汁、加糖飲，均有很好的清熱解暑和營養之效。若能每日都用適量西瓜皮餵豬，可使豬肉嫩、皮細、味美而不膩。西瓜寒涼，脾胃虛弱和大便稀薄的人不宜吃。有人說西瓜能助消化，此語只適用於身體強壯者。

鮮藕性質涼

薛蟠生日時，程日興還送了來粉脆的鮮藕（二十六回）。祝賀生日送藕，這在北方人看來似乎不可理解，然而它卻是江南人的食風。在蘇州及杭州附近有一種可以當水果生吃的鮮藕，白嫩肥大，清甜爽口，每到盛夏時節即採收上市（炒菜吃的老藕要到秋季才採挖），供人選購。其中以杭州一種開白花的白蓮藕質量最佳，杭州人讚之為「西施臂」，是形容它的白嫩程度如同越國美女西施的手臂一般。

《錢塘縣志》稱：「藕出西湖者曰『花下藕』，尤美。」薛蟠的生日是舊曆五月初三，恰是荷花將要開放爭艷之時，所以他吃的那「粉脆的鮮藕」，可能指來自千里之外的杭州白蓮花下藕。另外蘇州產的「蕩藕」也是可以生吃的優良品種。

《本草綱目》記載：「白花藕大而孔扁者，生食味甘，煮食不美。」由於藕有此特性，故《隨息居飲食譜》不是把它列在蔬食類，而是歸於果食類。並說：「生食生津，行瘀，止渴除煩，開胃消食，析酲，治霍亂口乾，療產後悶亂。」此處的「析酲」就是能醒酒解酒。薛蟠結交的朋友大多無賴酒徒之輩，酒後吃鮮藕有特殊效用。

由此觀之，《紅樓夢》中的一瓜一果都是為塑造人物性格服務的，若將前文中的紅菱和雞頭送給林妹妹吃是絕對不可以的，而薛寶釵也不需要嚼砂仁。

桃杏生滿園

寶玉看到大觀園中桃吐丹霞（五十八回）；林黛玉也有詩云：「霧裏煙封一萬株，烘樓照壁紅模糊。」（七十回）

大觀園裏桃樹之盛不言自明；但杏樹也不少，稻香村有幾百株杏樹，如噴火蒸霞一般（十七回）。

桃是遍布全國盡人皆知的大眾化水果；杏雖然多生於長江以北，但因杏仁之故，南方人對其也不陌生。

梨花寓意長

寶釵住地梨香院裏有梨花樹（七回）；黛玉住地瀟湘館也有大株梨花（十七回）。既然有梨花，當然要結果子。但梨也是南北均有，人人皆知的普通水果，本文從略。因梨與「離」字同音，古俗不把它做為吉祥的象徵，反而將棗和梨視為「早離」的不祥先兆（電影《天仙配》中也有此情節）。作者在釵黛住處都安置了梨花，好像也有某種暗示似的。

曹家食單

粥飯點心單

《紅樓夢》作者曹雪芹的祖父曹寅，字子清，號荔軒，又號楝亭，是滿洲正白旗「包衣」（奴隸）。其母孫氏是康熙皇帝玄燁的奶娘，所以曹寅自幼與玄燁同吃同住，情同手足，深得皇帝的信任，十三歲起即被選作御前侍衛（隨身奴才兼伴讀）。康熙二十九年（一六九〇年）欽命為蘇州織造。兩年許，又改遷江寧織造，並兼任過兩淮巡鹽監察御史等職，共達二十二年之久。康熙五十一年七月二十三日病死於揚州任所，終年五十四歲。

對曹寅以及曹家飲食的探討有兩方面的意義。其一，織造之職乃皇室買辦，專為宮廷承辦吃穿用度，對各類食品都很有研究。曹寅及其父曹璽先後任此職近半個世紀，所以曹家的飲食風尚反映著清朝初期上流社會的食風，有史料價值。其二，《紅樓夢》中各類食品及其食具、食風與曹家的飲食習慣極為密切，可以從中窺見曹雪芹的思想淵源，有助於我們對《紅樓夢》的理解。

一、粥

《紅樓夢》中多次寫粥，這與曹寅的生活習慣有直接關係。食粥是我國古代文人的共同嗜好。如清初文人曹庭棟在《養生隨筆》中曰：「粥能益人，老人尤宜。」並親自收集抄錄了粥譜一百例。另一位進士黃雲鵠稱：「都邑豪貴人會飲，必繼以粥。索粥不得，主客皆不懌。」即富貴人家設宴若不供應粥，主人及客人都會不高興的，為何呢？他進一步解釋說：「吾近讀養生書，乃盛稱粥之功。謂於養老最宜：一省費，二味全，三津潤，四利膈，五易消化。試之良然。」原來他們的食粥之風都是從「養生書」中學來的。曹寅生活在那個時代，當然也要順應社會潮流，所以也把粥做為主食。其在詩中寫到：「公餘問饘粥，茗櫃方同煎」（《曹寅詩鈔》卷五，後文簡稱《詩鈔》）。辦完公事回家，便詢問有無「饘粥」（比較稠的稀飯）。家人回答說不但有稀飯，連你愛吃的茶都在同時燒著哩。他又在另一首詩裏說：「明朝啜粥更衣去，又看行眠坐盹時。」（《詩鈔》卷六）是說他明天要吃過粥後穿起官服外出，又會在途中坐著打瞌睡。曹寅的活動範圍多在長江兩岸，主要交通工具是小木船。有次不慎為江風所襲，腹部受寒，於是就「薄試溫臍粥」（《詩鈔》卷七）。溫臍粥是一種「食療」方劑，主要有以下幾個品種：

乾薑粥。燒粥時鍋中放三、四片乾薑。

鮮薑粥。切四、五片鮮薑與大米同鍋煮成粥。

蔥白芫荽粥。將粥燒好後再放入適量帶根鬚的蔥頭和芫荽（南方人叫香菜），稍燒即止，不宜久煮。忌用蜂蜜。

花椒粥。鍋中放入少許花椒燒粥。

胡椒粥。用胡椒粉入粥。

燒粥似乎很簡單，但要真正燒好倒也不容易。明朝大藥學家李時珍總結前人的食粥經驗，提出了十九個「宜」，二十個「忌」。現擇其要者列下：

水宜潔，宜活，宜甘。

罐宜沙土，宜刷淨（即用陶土砂罐，不用金屬器具）。

米宜精，宜潔，宜多淘。

上水宜稍寬，後毋添（水要一次加足，不能熟後再添）。

宜早食。

食後宜緩行百步，鼓腹數十。

忌隔宿（不吃隔夜飯）。

忌焦臭（要看好鍋，不可燒焦）。

忌清而不黏。

忌稠濃如飯（如同乾飯）。

忌涼食。
忌急食。
忌食後復飲酒。
忌食飽多飲茶（黛玉家也有此家訓，見第三回）。
忌食飽大怒。
清朝名士袁枚亦有言：「見水不見米，非粥也；見米不見水，非粥也。必使水米融洽，柔膩如一，而後謂之粥。」
只有按照以上的規則去做，才能吃到好粥，也才算是會吃粥。

二、杏酪粥

曹寅在《楝亭詩別集》卷一中寫道「風吹杏酪嘗初暖」，說明春寒乍暖，當天吃了杏酪粥。

早在北魏時期成書的《齊民要術》中就有關於杏酪粥的記載。據稱這是北方人在「寒食」那天吃的一種冷食，具體做法為：將去皮杏仁加水磨碎，濾取杏仁汁，再用其煮宿穬麥的麥仁，使成粥。「穬麥」是大麥中的一個品種，主產我國北方及西部地區，去皮後的淨仁可用來煮粥。「宿」字是指二年生的越冬麥，不得用春麥。大麥常為大牲畜的精飼料，人吃麥仁也能健力、輕身、耐飢。

清朝人曹庭棟在《老老恆言》中介紹了類似的做法：將杏仁去皮尖，水研濾汁煮粥，微加冰糖。他沒有說明粥中需加麥仁，似應理解為用杏仁汁煮大米粥。因大麥不是各地都有，而大米卻已遍布南北各地，吃麥仁的事就比較少見了。近來國際和國內的營養學家都在宣傳大麥和燕麥的優越性，看來它又有「捲土重來」之勢。

杏仁粥中配冰糖有很好的潤肺止咳效果，因此賈寶玉的奶奶也喜歡吃杏仁食品（五十四回）

「寒食」指春天的某一個時期禁火，也不能生火做飯，只吃事先備好的冷食。這是一個很古老的風俗，《周禮．秋官．司烜氏》中就有仲春禁火的記載，原因不詳。後來又把禁火之事附於介子推身上了。春秋時期，晉國有個名「介子推」的功臣被大火燒死，為紀念他的忠烈，便定在清明前後「寒食」，各地時間不一：原晉國之地（今太原附近）天數多，別地一日二日不等。並在這幾天內掃墓祭墳、踏青、春遊、放風箏，還有插柳、戴柳、盪鞦韆等活動。

三、瓜蔬飯

有次曹寅寫詩告訴其弟：「食益瓜蔬飯」（《詩鈔》卷二）。這是指用瓜、菜之類的東西配入大米做成的飯。按照常規，只有鄉村裏的平民百姓才在飯中加些瓜菜充飢，曹家是皇室僕人，實為「天子近臣」，其地位和權力均在一般貴族之上，為什麼還提倡吃「瓜蔬飯」呢？這有兩個原因：

(1)我國的藥理食則認為，倘若天天吃雞、魚、肉、酒、精米等等肥厚油膩高熱量的食物是非常有害的。曹寅研讀過《黃帝內經》和其他醫藥典籍，深知高脂肪、高熱量和過於精細的飲食是患膏粱之疾的主要原因。所謂「膏粱之疾」，用今天的術語解釋，就是營養過剩的精美食品會導致肥胖病以及心血管疾患。而青年人的共同嗜好又是只貪「口福」，不大願意多吃穀物和素食，所以曹寅才特別告誡弟弟「食益瓜蔬飯」。

(2)因曹寅是皇帝的貼心侍衛官，平時酒菜豐盛，飲食之精美是可想而知了。但天天吃這些肥膩的東西是會使人厭煩的，需要用粗菜淡飯來調劑口味。如他曾對妻兒稱：「拄腹自慚鄉味美，豆棚東畔足涼風」（《楝亭詩別集》卷四）。這就是說，他認為農家的平淡飲食比之達官貴人家的酒席宴會更好吃。曹寅的思想對其子孫不能毫無影響，所以曹雪芹寫書時讓平兒向劉姥姥說出了如下的要求：「到年下，你只把你們曬的那個灰條菜乾子和豇豆、扁豆、茄子、葫蘆條兒、各樣乾菜帶些來，我們這裏上上下下都愛吃。」（四十二回）

四、紅稻飯

「日曬野田紅稻香，四郊人靜聞打場」、「白鹽赤米飽亦足」（《寅詩別集》卷一）。這是曹寅在北方看到收打紅稻和喜吃「赤米」的紀實詩。然而紅稻的最早產地卻是在南方，栽培史至少可追溯到唐朝以前。如祖籍蘇州的詩人陸龜蒙寫道：「遙為晚花吟白菊，近炊香稻識紅蓮。」「紅蓮」即紅蓮稻的簡稱。另據宋朝文人范成大在《吳郡志》中記載：「紅蓮稻自古有之……此米中間絕，不種，二十年來農家始復種，米粒肥而香。」可見蘇州紅稻的種植一向是時斷時續，主要原因為產量不高。至清朝初期又幾乎絕種，直到李煦任「蘇州織造」期間，接到康熙皇帝的命令，又積極推廣新稻種，以後才漸漸恢復。這種米不但「肥而香」，更重要的是有很高的營養價值，在舊社會專供皇親國戚及富門豪族享用。李煦與曹雪芹家既有姻親關係，又是故舊知交（李家以前也是宮廷奴僕），《紅樓夢》中兩次出現「紅稻米」（五十三回、七十五回），也就不奇怪了。

五、菰飯魚羹

曹寅在《水龍吟》一詞中稱讚過「菰飯魚羹」（見《楝亭詞鈔》）。

菰是生於河邊或沼澤地裏的一種草本植物，因種子似大米，古稱雕胡米、雕穀米。原為我國的主要糧食之一，後因產量不高，收獲也不便，種植面積逐漸減少。倘若其植株受到一種黑穗真菌的感染就不再開花結子，只發展底部，形成如同青竹筍一般的粗根，它即是南方人餐桌上的美味菜肴「茭白」。所以我們現在已很難看到菰米了。

據古籍記載：菰米非常好吃，若有魚佐餐那更美不可言。《禮記》曰「魚宜菰」，即此之謂也。因此古代文常著文賦詩讚頌「菰飯魚羹」。曹寅是「皇室買辦」，故也對其有濃厚的興趣。

六、燃糠煨芋

遇雪賦詩，吟詩吃芋，乃古代文人的雅事，也是曹雪芹家的遺風，曹寅就在一首《望遠行》的詞中提到過「燃糠煨芋」。

「芋」指南方佳蔬芋艿，不論是用水煮、籠蒸或者火煨，味道都很好，且有滋補強身之功，故歷來受到人們的歡迎。如：

唐朝宰相李泌，有次看到一位僧人氣度不凡，於中夜前往拜訪，見他正發火煨芋。

宋朝愛國詩人陸游曾有詩曰：「水碓舂粳滑勝珠，地爐燔芋軟如酥。」「燔芋」就是用地爐中的暗火煨芋。

明人周憲王（太祖之孫朱有燉）也有詩云：「撥火煨霜芋，圍爐詠雪詩。」

清朝名士袁枚寫道：「十月天晴時，取芋子、芋頭曬之極乾，放草中，勿使凍傷，春間煮食，有天然之甘，俗人不知。」袁枚常貶低別人是「腐儒」、「俗人」，其實他的這種煮芋並不是最新發明，也不是最好的吃法。最好的吃法應為「燃糠煨芋」：將芋艿埋在稻糠堆中，點燃後讓其緩緩焚燒，火盡芋自熟，取出熱啖，香氣撲鼻，誘人食欲，比袁枚的那個煮芋要好多了。

宋朝人寫的《山家清供》中介紹了另一種煨法：「裹以濕紙，用煮酒和糟塗其外，以糠皮火煨之，候香熟取出。」冬天吃這種煨芋有「溫補」之功。

七、北京粽子

康熙二十五年（一六八六年）端午節那天，曹寅填《浣溪紗》詞四首，中有「新箬包香入午筵，相逢猶喜太平年」的句子（《詞鈔別集》）。

此時曹寅正在北京任「內務府郎中」，吃的應是北京粽子了。以前北京粽子的品種比較單調，通常只用紅棗與米包在一起。近年編輯出版的《中國小吃》（北京風味）中也僅收錄了小棗粽子，可見它就是北京的傳統風味食品。具體做法大體為：

原料（製一百個）：

糯米五千克，小棗一千五百克，鮮蘆葦葉二千五百克，乾馬蓮草二百五十克。

製法：

(1)將糯米淘洗乾淨，用涼水浸泡兩小時。小棗洗淨。鮮葦葉用開水煮兩小時，撈入涼水中洗淨。然後根據實際需要將葦葉一沓一沓地理好，每疊三～五葉。乾馬蓮草用水泡軟。

(2)取一沓葦葉打開，使互相交錯著平攤在手中，將兩端彎向中間疊合成漏斗形。斗內先放進泡好的糯米二十五克，上放小棗三、四個，再蓋上糯米二十五克，使米與斗口持平，把斗上部多出的葦葉折下包住斗口，用馬蓮草攔腰捆緊繫好。

(3)將包好的粽子碼放入鍋，加滿涼水，蓋鍋，在旺火上煮兩個多小時即熟。吃時剝去葦葉，蘸白糖就餐。

如無糯米，可用北方的黃黏米代之。

注：本人認為上述煮葦葉的時間似乎太長，煮幾分鐘就行。因葦葉中有一種天然的清香，久煮會減弱香味。

名菜佳肴單

一、鱸魚膾

曹寅非常喜愛鱸魚。如在詩中稱：「獨攜詩卷去，不食鱸魚歸。」（《楝亭詩鈔》卷二），感嘆他的友人胡靜夫，不是為了食鱸魚，卻帶著自己的詩卷獨自回家去了。「莫使蒓鱸客夢勞，且因殘菊醉寒曹。」（《楝亭詩別集》卷二），這是說他自己在吃鱸魚。

鱸魚是產於江蘇、浙江一帶的淡水中的名魚，早就受到人們的高度讚揚。西晉時（二六五～三一七年間），吳中（今蘇州市）有個叫張翰的人在京都洛陽做官，因見秋風起，思念起家鄉的菰菜（今之「茭白」）、蒓羹、鱸魚膾，對人說：「人生貴適志，何能羈宦數千里以要名爵乎？」遂命駕而歸，回到故鄉來了（見《晉書》第九十二卷）。他的回歸有政治上的原因，但是後人卻不管政治，常把它做為因思鄉而辭官的典故。陸游長期在四川等地做官，也非常想念故鄉的鱸魚，在《南烹》詩中云：「十年流落憶南烹，初見鱸魚眼自明。」曹寅的詩就是由這些歷史事件演化而來。寅長期在江蘇任職，康熙皇帝南巡時又曾在此地留居多次，做為「織造官」當然應知道江蘇名菜。

鱸魚頭大而扁平，細鱗，軀體側面有黑點，背灰褐，腹灰白，身長十五公分左右（也有尺餘者，很少見），肉質細嫩，不腥，味極鮮美。隋朝的煬帝巡幸江南時路過吳郡，郡守獻了「金齏玉膾」，就是用鱸魚做的，煬帝吃後高興地讚道：「東南之佳味也！」（見《大業拾遺記》）

「膾」指細切的魚或肉，「金齏玉膾」是金黃色的魚膾，簡稱「金膾」。曹雪芹為了讓貴妃賈元春歸省時能夠享受到真正的「家鄉風味」，也在《紅樓夢》裏安排了這道名菜。賈貴妃不肯吃，又賜給寶玉和賈蘭了（十八回）。

其實，鱸魚膾就是用快刀切得很薄的生魚片（因色白似玉故曰「玉膾」），澆上搗碎的黃橙（即所謂「金齏」）或其他調色、調味品拌一拌就端上餐桌供食。隨著生活習慣的變化及衛生知識的普及，加之水質污染嚴重等等諸種原因的影響，吃生魚片的人自然會越來越少。古人也早就發現生魚體內含有寄生蟲，《後漢書》中記載著一則故事：廣陵太守陳登胸中煩懣，面赤，不食。請了名醫華佗去診治，佗按脈後說：「胃中有蟲，欲成內疽（指將要潰爛），腥物所為也。」便配製了湯藥讓他服下。不久竟吐出小蟲三升許，蟲頭赤而動，半身猶是生魚膾。

可能有人要問：既然如此，魚膾之菜何以會長期受寵？這與感染機遇和感染程度有關。廣東省至今仍有許多人愛吃生魚片，東鄰日本更是把生魚片視為「國菜」，然而並不是每人肚裏都有蟲。但是我們也絕不能因此就掉以輕心，還是應該將魚燒熟煮透後再吃為好。

二、炙鯉

曹寅在《題楝亭夜話圖》一詩中寫道：「豈無炙鯉與寒鷄？」（《詩鈔》卷二），就是說他的餐桌上有「炙鯉」。

「楝亭」是曹家的一個小亭子，因庭院中原有第一任「江寧織造」曹璽親手種植的楝樹，待樹大能蔽蔭時就造了個小亭子，遂成為夏月雅集的處所。到康熙三十四年秋（一六九五年），有江寧知府施世綸、廬江郡守張純修（見陽）來訪，曹寅熱情款待，暢飲至深夜方散。因張是詩人又是畫家，便作《楝亭夜話圖》一幅，曹寅觀後詩興大作，作詩一首與之唱和。

鯉魚是我國的著名魚種，起先多產於黃河流域。後雖繁衍至南北各地，但仍以黃河水系中的鯉魚質量最好，自古備受推崇。如《詩經》曰：「豈其食魚，必河之鯉。」（《陳風・衡門》）又曰，「飲御諸友，炰鱉膾鯉」（《小雅・六月》）。曹寅也曾讚美道：「伊魴洛鯉貴牛羊。」（《詩鈔》卷四）「洛鯉」指黃河之支流「洛河」中的鯉魚，至洛陽以東流入黃河。古人認為洛河有神，從神仙居處來的魚當然就更高貴了。道家稱鯉魚是龍，所以民間就把鯉魚視為神魚。

鯉魚體扁而肥，鱗大，從頭至尾多為三十六片，故又叫「六六魚」，取六乘六等於三十六之意（實為三十四～三十八片不等）。魚嘴前端有觸鬚二對，背蒼黑，兩側淡黃，腹部淡白，味極鮮美。加之又有利尿消腫、安胎通乳、清熱解毒等功效，因而歷來受到人們的寵愛。因唐朝的皇帝姓李，與「鯉」字同音，玄宗李隆基曾下令禁止捕食鯉魚，違者要打六十大板。可是有些人就是不理那一套，照吃不誤。這種「冒死吃鯉魚」的行為說明它的吸引力實在大矣。

此外，還有赤鯉魚、錦鯉魚、烏鯉魚等諸多品種。

「炙」的形式有二：一是火炙，一為油炙（用油乾炸）。按照滿族人的食風和他三人的詩意判斷，此處應用火炙，即烤鯉魚。烤魚法早在北魏時成書的《齊民要術》中就有記載，大意為：

如是小魚，可用整的，去鱗，治淨，體側用刀劃幾條縫隙。若是大魚，需切作一寸許的薄片。另將生薑、橘皮、花椒、蔥、胡芹、小蒜、紫蘇等各種物料切碎，與鹽、豆豉、醋調和在一起，用之醃魚，要醃一夜。第二天烤製，應不斷地往魚上澆各種香菜汁。乾了再澆，至熟為止。見魚色紅亮就是烤好了。

清朝成書的飲食巨著《調鼎集》中的「炙鯉魚」方為：「鯉魚，鰓下挖去腸，填松子仁、作料，火炙。」這種炙法是令各種作料從魚肚裏向外滲透，別具一格。曹家烤魚時也是用了諸多調味品的，因張純修的唱和詩中有「薑桂真香勝蘭麝」之句，可見該魚香氣撲鼻，誘人食欲，非常好吃。

據《本草綱目》稱：炙鯉魚者應注意避煙，此煙損目。

三、石花魚

「唐貢稱遼魴，俗謠著洛鯉。初嘗石花魚，人饌果腴美。」（《曹寅詩鈔》卷七）這是曹寅第一次吃到石花魚後寫的讚美詩。

石花魚也是鯉魚，曹寅解釋說：「鯉啖石花而肥，故名。」石花即海藻類植物石花菜。分枝很多，富含膠質，是提取瓊脂的主要原料。瓊脂又叫洋粉、洋菜、石花膠，能溶解於熱水，可製冷凍食品和微生物的培養基，也可做粉刷牆壁的黏合劑。

因石花菜僅產於近海的水域中，故能夠吃到它的鯉魚很少。由於石花魚比著名的黃河鯉魚還高貴，且產量不多，自然也必須向京都進貢，所以曹寅在詩中又曰：「貴重走京師，珍裹餉朝士。」而寅作為皇室買辦，也就有了吃到石花魚的機會。

因石花魚與普通鯉魚沒有外觀上的差別，常有假冒產品，只有到吃的時候才能感到滋味遜色。此魚的烹調方法一如鯉魚，燒、烤、燉、炸、糟或者炒鯉魚片等等皆可。

四、蒸鰣魚

鰣魚是產於長江中下游的一種洄游魚類，在浙江和廣東一帶的淡水河流中也時常出現。它原生活在海裏，每到春末夏初入江產卵，然後再順流返回大海。因來回都有固定的規律性，過時基本絕跡，故叫「時魚」，按照漢字的造字方式就寫作「鰣魚」。

鰣魚體扁而長，初看魚白如銀，若仔細觀察會發現脊背部略呈灰褐色，重量從二、三斤至五、六斤不等，肉中多刺，離水即死。它的最大特點是味極鮮美，且「其美在鱗，臨食始去」。這種別緻的吃魚法，更能引起人們的好奇和興趣，所以歷來被視為名魚，並要年年向皇帝進貢。

曹寅身為「江寧織造」，住在江邊，自然也有操辦鰣魚的責任。但鰣魚死後味惡，限定要二十二個時辰（四十四個小時）由鎮江送到北京，當時道路彎曲不平，全程二千五百華里，沿途需組織大批健馬和壯士進行接力飛送，常累得民怨官也煩，早在康熙二十二年已奏准免貢，故而曹寅僅向北京進獻過兩次醃鰣魚：康熙三十五年五月初二日，送到醃鰣魚六十尾，康熙降旨「著交飯房」；三十六年四月二十九日，又送醃鰣魚二百尾。（見《關於江寧織造曹家檔案史料》第六及九頁）以後竟連醃魚也免貢了。

曹寅曾與友人程吉士相約「相待鰣魚大上時」，還用鰣魚宴請毛會侯（毛際可）。他又在《鰣魚》一詩中寫道「尋常家食隨時節」（《詩鈔》卷七），就是每到魚汛來臨，他家都要吃鰣魚的。曹雪芹繼承家風，也酷愛此味。《紅樓夢》五十四回中，在說到兩個媳婦給襲人送食品時，有一條「脂硯齋」的評語：「則又三月於鎮江江上啖出網之鮮鰣矣。」這段書評證明作者著書時又來江南體驗過生活，對江浙一帶的食品是很熟悉的。

人們在長期的食魚過程中得出一條經驗：鰣魚最宜用蒸的方法烹飪，所以歷來吃「蒸鰣魚」者居多。如明朝人高濂在《遵生八箋》中稱：「鰣魚去腸不去鱗，用布拭去血水，放湯鑼內（即湯盆中），以花椒、砂仁、醬擂碎，水酒、蔥拌勻其味，和蒸，去鱗供食。」清初著名文人朱彝尊也很欣賞這種蒸法，收載於他輯錄的《食憲鴻秘》之中了。清初的另一部飲食專著《養小錄》中也照抄了以上的蒸法。

當代的江蘇人吃蒸鰣魚，較之以前又有了很大改進。據《中國菜譜》江蘇分冊介紹：將鰣魚挖鰓去腸洗淨，沿脊骨一剖為二，用手提起魚尾入沸水中燙去腥味，魚皮朝上放入盤中，再將火腿片、香菇片、筍片相間鋪在魚身上，加適量豬油、綿白糖、精鹽、蝦子、紹酒，並覆蓋上生的豬網油一百克，上放蔥、薑，入籠，用旺火蒸約二十分鐘出鍋，揀去蔥、薑、網油，把湯汁倒入另一碗中，加少許白胡椒粉調和，再澆在魚身上，點綴上香菜，隨帶薑醋碟蘸食。

從上述各條引文看出一個共同點：蒸鰣魚不去鱗。因鰣魚的最肥美之處在鱗與皮相結合的脂肪層中，如刮去鱗會損失鮮味。但此鱗堅硬，不能下嚥。魚脊處多細刺，也要特別小心。據民間傳聞：倘用枇杷樹的葉子裹住蒸，魚刺多附於葉上。惜本人未得一試也。

另外，我國東海及南海中還有一種叫「鰳魚」者，體形似鰣而全身銀白，又稱白鱗魚、快魚，能假冒鰣魚，應注意鑒別。

六、石首魚

有次曹寅去蘇州，其妻兄李煦盛宴款待，席間上了石首魚。寅吃後十分高興，賦詩紀之（《詩鈔》卷七）。

「石首魚」即「黃花魚」，俗稱「黃魚」。生於浙江以南的是大黃魚，江蘇以北者多為小黃魚。

蘇州人愛吃大黃魚的歷史可追溯到二千五百年以前。《吳地記》云：春秋時的吳王闔閭曾親自征伐東南沿海，捕到海魚。魚作金黃色，不知其名，見腦中有骨如白石，號為「石首魚」。吳王戰勝回到蘇州，仍想著石首魚味美。可惜此魚離水即死，難於生致，就令當地人醃曬成魚乾進貢。黃魚乾名「白鯗」，主產舟山漁場。

黃魚的烹調方法甚多。《隨園食單》稱：「黃魚切作小塊，醬、酒郁一個時辰，瀝乾。入鍋爆炒，兩面黃，加金華豆豉一茶杯、甜酒一碗、秋油一小杯，同滾。候滷乾色紅，加糖，加瓜薑收起，有沉浸濃郁之妙。又一法：將黃魚拆碎，入雞湯作羹，微用甜醬、水芡粉收起之，亦佳。大抵黃魚亦係濃厚之物，不可清治之也。」

說明：「郁一個時辰」是指用醬、酒把魚塊煮一煮，使入味。但不一定煮滿「一個時辰」，因一個時辰為二小時，會把魚煮爛的。「金華豆豉」是浙江的一種調味品，外地人可用「豆瓣醬」代替。「瓜薑」是用鹽、醬等物料醃製過的醬瓜、嫩薑，南方人平時充作小菜，也有時用來作葷菜的配料。以上作料起碼得配五斤黃魚。倘魚少，應酌減。

《隨息居飲食譜》稱，白鮝與豬肉同煨，味甚美。做法是：先把白鮝泡軟，清洗去鱗，治淨，切塊備用。再將豬腿肉（北方人叫「臀肩」）切塊，配各種作料紅燒。湯水要稍寬些，至肉半熟時放進魚塊同煨，見雙雙熟透起鍋。魚與肉之比一比二為宜。

《調鼎集》中刊載了一款「白鮝櫻桃肉」的製法：「五花肉切丁，配鮝魚，切小塊，多加鹽、酒燜，收湯。」

說明：「櫻桃」指肉丁如櫻桃大小，約十五毫米左右。「五花肉」即豬前胸處的肋條肉。「酒」亦是甜酒。若無，可用黃酒加白糖代之。「收湯」就是用大火濃縮湯汁，使湯中的鮮滋味再吸收到肉中去，肉味會更佳。

六、荷包鯽魚

曹寅在友人蕭冶堂家「製鮒見貽」，感到非常新奇，作三絕句以記此事（《詩鈔》卷七）。

鮒指鯽魚，貽即貽貝，俗稱淡菜，小者似蠶豆，大的如紅棗，是一種高級營養美味食品。「見貽」一詞本可解釋為「見贈」之意，但鑒於我國鯽魚隨處可得，實不為奇，能夠引起曹寅的興趣者，似應指「荷包鯽魚」更為恰當。

鯽魚是淡水魚類，貽貝為海中產品，鯽魚中何以會見貽？原來這裡用了一種獨特的烹製方法，名曰「荷包鯽魚」。此法早在《齊民要術》中就有記載，當時叫釀炙白魚。以後又出現了釀燒魚、鑲鯽魚、荷包魚等諸多名目，但其製作原理卻是大體相同的，就是在魚肚裏填上別的餐料再一起燒熟。由於加工此魚費工費料，一般人家不常食用，只有招待比較高貴的賓客才得以上桌，故連曹寅也是第一次吃到。

《調鼎集》中的製作方法為：「取大鯽魚鑲蓮子肉，加作料蒸熟，入雞湯燴」；或者「鑲斬蓉蝦肉，加火腿丁燴」。

所謂「斬蓉蝦肉」就是剁碎的蝦仁。這兩種燴法都沒有說明加什麼調味品，但按常規似乎應加蔥、薑、醬、酒、糖之類的配料的，大概因為此乃普通常識，文中就省略了。

當代江蘇人做此菜更為講究，據《中國菜譜》江蘇分冊記載有此菜的做法。

原料：活鯽魚一條約七百五十克，豬腿肉二百五十克，冬筍丁二十五克，冬筍片五十克，豬板油丁五十克，紹酒三十克，精鹽二．五克，醬油十克，綿白糖十五克，蔥末二十克，薑片五十克。花生油五十克，熟豬油七十五克，濕澱粉少許。

製法：

(1)將鯽魚刮鱗，去鰓和鰭，從脊背處剖開，挖去內臟，切去鰓蓋下的老皮，洗淨，用潔布吸去水。

(2)把豬肉切成細丁，和筍丁一起放入碗裏，加紹酒五克，醬油五克，綿白糖二．五克，精鹽〇．五克，濕澱粉十克，攪勻成餡，將餡填入魚腹和鰓口內，再用刀在魚身上淺劃十字花紋，抹上五克醬油。

(3)炒鍋置旺火上燒熱，入花生油，燒至七成熱時將魚放入，待魚的一面煎至金黃色取出。鍋內放薑片、蔥末炸香，再將魚煎黃的一面朝上入鍋，加所剩的紹酒、白糖、精鹽、筍片、板油丁及一百五十克清水，燒沸後淋入熟豬油，蓋鍋，用小火燜二十分鐘，再用旺火收濃湯汁。

取魚入盤，魚湯用濕澱粉勾芡，澆在魚身上即成，此菜因魚肚裏又鑲有肉餡，一菜雙味，更加鮮美。

比照前例，若減少些豬肉，增加些貽貝，那當然就更好了。貽貝應先浸泡洗淨，小者可整用、大的應切開。

傳聞曹雪芹會做一種叫「老蚌懷珠」的菜，實際上就是這「荷包鯽魚」的變種。

七、糟鰉魚

曹寅任康熙帝的「侍衛官」時曾隨駕巡視東北，並在烏喇江小住，填《滿江紅》詞一首，中有「蕨粉溢，鰉糟滴」之句（《詞鈔》別集），吟詠他吃的糟鰉魚。

「鰉魚」是黑龍江水系中的名魚，背有甲骨，鼻長有鬚，魚灰白。小者數十斤重，大的可達一、二千斤，身長五公尺以上。《紅樓夢》中的烏進孝給寧國府送過鱘鰉魚二個，即指此魚（五十三回）。因體重過大，故只好以「個」為計量單位。

《隨息居飲食譜》對該魚的評價是：「甘溫，補虛，令人肥健。多食難化，發疥生痰。作鮓極珍，亦勿多食……其脊骨、鰓、鼻、唇、鱗皆軟脆，以充珍錯。其鰾最良，固精止帶。」由此可見這是一種非常好的營養補品。以前年年都得向皇室進貢，北京的市場上也有出售，每斤值一、二兩白銀。

「鰉糟」就是糟醃過的鰉魚。我國人民一向愛吃糟魚、糟雞之類的食品，這有三個原因：

(1)能使食物保存較長的時間。我國雖然早在二千四百年前就造出了非常精緻的「冰箱」，一九七八年在湖北省隨縣出土了兩只西元前四三三年造的「冰鑒」，係青銅器，方形，長寬各七十六釐米，高六一．五釐米，由內外兩個箱子套迭而成，中有夾縫藏冰制冷，冬季則注入熱水保溫。鑒蓋鏤孔，四邊有飾龍為耳，四腳用怪獸支撐，外殼有捲雲、盤龍等圖案，玲瓏剔透，華麗古樸，比當代的電冰箱要古雅得多。但那只是供封建王侯專用的器具，所以直到清朝像榮國府那樣的貴族之家仍無權使用，一般小民就更難沾邊了。人們在長期的生活實踐中，發現酒糟醃過的食品可數日不壞，於是紛紛效仿。《齊民要術》稱，暑月糟肉竟能「十日不臭」。

(2)可為食品增味。雞鴨魚肉等多有腥臊之氣，但一經糟醃，邪味全消，吃起來更感鮮美。

(3)糟過的食品有「肥而不膩」的特點。尤其在夏季食用，非常爽口，並能醒胃健脾，增進食欲。

曹寅吃的是北方糟魚，製作方法本人不得而知，此事不敢妄說，但可介紹一下南方的做法以資參考。

清初成書的《養小錄》稱：「臘月，鮮魚治淨，去頭尾，切方塊，微鹽醃過。日曬，收去鹽水跡。每魚一斤，用糟半斤、鹽七錢、酒半斤，和勻入罐，底面須糟多。固三日傾倒一次。一月可用。」

說明：「收去鹽水跡」指稍曬，不能曬乾；「鹽七錢」為十六兩制的老秤，約合二十五克；「固三日」句指封固，每三天要翻動一次；「一月可用」是糟醃一月就可吃，但不是必須得吃，若保留至夏天則味道會更佳。欲吃時將魚取出，去糟入盤（不用水洗），入鍋清蒸；也可酌加豬油丁或火腿片；亦可油煎。

八、野鴨羹

康熙三十六年（一六九七年），蘇北發生嚴重災害，民不聊生，曹寅奉命協同運糧官桑格前去賑濟災民，途中寫雜詩十二首，中有「鳧臛來方物」之句（《詩鈔》卷三）。「鳧」指野鴨，「臛」為肉羹，「方物」說明這是蘇北的一種地方風味食品。曹寅很喜歡它，以後又寫過「耐寒時欲存鳧臛」的句子（《詩鈔》卷四），大有懷念之意。

江蘇省為我國的著名鴨鄉，蘇北養鴨者更多。又由於蘆蕩眾多，野鴨彌盛，因此用家鴨或野鴨做羹便習以為常。所謂「羹」，就是一種不稠不稀的濃湯，江蘇人俗稱「鴨糊塗」。現介紹兩種做法，以互為參考：

(1)鴨糊塗（選自《隨園食單》）。

用肥鴨，白煮八分熟，冷定去骨，拆成天然不方不圓之塊，下原湯內煨，加鹽三錢、酒半斤，捶碎山藥同下鍋作芡。臨煨爛時，再加薑末、香蕈、蔥花。如要濃湯，加放粉芡。以芋代山藥亦妙。

注：「鹽三錢」約合十一克，「酒」指黃酒，「芋」為芋艿，非北方的地瓜者也。

(2)燴野鴨羹（選自《調鼎集》卷四）。

熟野鴨去骨切丁，配熟山藥，入原汁、鹽、酒、蔥、薑燴。

以上所言之鴨，應選老鴨。三年以上的雄鴨和烏骨白鴨則更好，因幼鴨微毒，民俗厭之。

九、車螯上食單

曹寅在吃野鴨羹時，還有「車螯上食單」（《詩鈔》卷三）。「車螯」又名「文蛤」、「昌娥」，是類似圓河蚌的水生軟體動物，其標準寫法應為「蚌螯」。主要產地在山東至廣東一線的沿海淺水中，有些靠海的江河裏也有繁衍，江蘇尤盛。外殼如扇面形，呈紫色，有光澤，帶斑點，小者約三釐米左右，大的可達六釐米以上。劈殼取肉烹調後味極鮮，素有「天下第一鮮」之稱，所以歷代文人多有讚美詩。隨煬帝南巡時也吃過蛤肉，非常滿意，此後便每年都得向皇宮進貢。

現取古今兩種做法。

第一種做法，《隨園食單》稱：「先將五花肉切片，用作料燜爛。將車螯洗淨，麻油炒，仍將肉片連滷烹之。秋油要重些，方得有味。加豆腐亦可。……有曬為乾者，亦佳，入雞湯烹之，味在蟶乾之上。」

第二種做法，車螯豆腐湯（選自《中國菜譜》江蘇分冊）。

原料：活車螯五百克，豆腐一百五十克，冬筍片五十克，熟雞皮五十克，蝦子〇・五克，白胡椒粉一克，雞清湯六百克，熟豬油一百克，精鹽及醬油適量。

製法：

(1)用小刀將車螯剖開，挖出螯肉，去內臟洗淨。熟雞皮切成菱形小片。豆腐切成三角形的小片，放入沸水鍋中燙一下，倒入漏勺瀝去水。

(2)炒鍋置旺火上燒熱，入熟豬油五十克，燒至五成熱時放進車螯肉炒幾下，再加雞清湯一百克燒沸，撈出。原鍋中再入雞清湯五百克，放進蝦子及熟豬油，再放入豆腐、雞皮、筍片燒沸，蓋鍋，燒約十分鐘，再入車螯肉，加適量精鹽、醬油燒沸後，起鍋倒入湯碗中，撒上胡椒粉即成。

洗滌車螯時應注意以下各點：

(1)先用淡鹽水浸泡半天，讓其吐出些腹中泥沙。

(2)劈殼取肉時要細心，以免弄破衣膜，失去保汁作用，影響成菜鮮嫩。

(3)應將整肉放在竹籃子裏，再將籃子入水盆輕輕漂洗。這樣可使洗出的泥沙立刻漏出，不致裹到整肉裏去。

十、酢雞

有次曹寅生病，按照我國傳統的飲食理論實行「忌口」，不准吃葷腥食物。病後解除了「食忌」，其好友方南董（清初著名文人方苞之父）立即送來了「鮓雞二品」，寅喜之不盡，遂賦詩致謝（《詩鈔》卷四）。

「鮓雞」就是用鹽、糟等物料醃製過的雞。此為江南名食，更是佐酒佳味，清朝的飲食專著中常有記載。如寅友朱彝尊在《食憲鴻秘》一書中曰：「肥雞細切，每五斤入鹽三兩、酒一大壺，醃過宿。去滷，加蔥絲五兩、橘絲四兩、花椒末半兩，蒔蘿、馬芹各少許，紅麴末一合，酒半斤，拌勻，入罎按實，箬封。豬、羊精肉皆同法。」

說明：文中所有作料用量都是十六兩制的老秤，今日應重新換算。「酒」指黃酒，性與糟同，能防腐留香。「橘絲」為乾橘皮切成的絲。「蒔蘿」俗稱「土茴香」，是一種多年生草本植物，其種子類似小茴香，氣味芳香，可提取香精。農村常作調味品，但在城市裏少見，可用小茴香代之。「馬芹」為野生植物，收取種子研碎可以調味。「箬封」指用箬葉（一種長而闊的竹葉）密封罎口。

《調鼎集》中亦有相似的做法：「肥雞生切絲，每五斤入鹽三兩、酒二斤，醃一宿。濾去汁，加薑汁二兩、橘絲一兩、花椒三錢，蒔蘿、茴香各少許，紅穀米一合。仍用黃酒半斤，拌勻裝罈，掭實箬封。豬、羊肉鮓同。」

欲吃鮓雞時，應先入鍋蒸。待冷透佐酒，為夏日妙品。

倘不具備上述條件，也可做「糟雞」，其性質和原理是相差不大的。仍取《調鼎集》中的方子：「每老酒一斤，入鹽三兩，下鍋燒滾，取出冷定，貯罈。將雞切塊，浸久不壞。」

十一、雞爪

曹寅在謝方南董的詩中還有「百嗜不如雙跖美」之句（《詩鈔》卷四）。「跖」指腳面上接近腳趾的部分，如鴨掌、鵝掌、雞爪之類。現在是誇讚對方送來的「鮓雞」，應該是指雞爪子了。

雞爪無肉，美在何處？

我國的飲食理論認為：「肝主筋，其華在爪。」（《內經》語）即雞爪、鴨掌、豬蹄等等都是肝的外在表現，肝、筋、爪屬於同一個體系，人吃畜禽之爪亦能收到「補肝壯筋」之效，使步履輕鬆，這是其他食品無法比擬的。有的胖人會感到行走不便，而二百斤以上的肥豬仍能運動自如，何也？足腱有力者也。所以《隨息居飲食譜》認為豬蹄比豬肉更有營養。人的足部的活力靠腳筋牽引，這就是吃雞爪子的利益所在。

雞爪的可吃部分是皮和筋，其富有韌性，風味獨特，有嚼頭，越嚼越香，確實是一道佐酒的好菜。尤其是那些酒量大的人（曹寅也是善飲者），意不在肉而在酒，吃雞爪子更為相宜。黃酒有「舒筋活血」之功，倘能與雞爪同吃，那就可獲得「雙料」的效益。

雞爪有這般好處，「百嗜不厭」者大有人在。如《呂氏春秋．用眾》曰：「齊王之食雞也，必食其跖數千而後足。」就是早在二千多年前有人已對雞爪懷有濃厚興趣了，齊國的國王吃起雞爪子來要一連吃數千隻才感到心滿意足。這位山東大漢的胃口實在可觀！或許不是一頓吃光吧？如拿曹寅與齊王相比，就是「小巫見大巫」了。不過也有人懷疑「數千」是「數十」之誤。

鑒於雞爪具有獨特的魅力，有人尊稱其為「鳳爪」。

十二、紅鵝

曹寅自幼受到封建禮儀的薰陶，是個很講究禮貌的人。有次路過一位友人的家門未及拜訪，在回來的路上見到這位友人，便寫詩一首表示了深深的歉意：「造次不辭過，知君憐我真。紅鵝催送酒，蒼鶻解留人……」（《詩鈔》卷六）

「紅鵝」指菜肴的顏色呈紅色。

「蒼鶻」是友人家的一種獵鳥，飛行速度迅猛，能出其不意地襲擊空中飛禽或奔跑的野兔。為招待曹寅它是立過功的，所以曹寅讚揚其懂得主人的意圖。《紅樓夢》中也說到過

「兔鶻」（二十六回），可見當時養鶻者不乏其人。

紅鵝是江浙一帶的傳統名菜，南宋京城臨安（今杭州市）的市場上有五味杏酪鵝，明朝時蘇州有杏花鵝，《紅樓夢》裏又出現了胭脂鵝脯，這些都是一脈相承的。現選取蘇州人編輯的《易牙遺意》中杏花鵝的做法（易牙為春秋時齊桓公的寵臣，善烹飪，會逢迎）：

「鵝一隻，不剁碎，先以鹽醃過，置湯鑼內蒸熟。以鴨蛋三五枚灑在內，候熟。杏膩澆供，名杏花鵝。」

說明：「湯鑼」即比較淺的湯盆之類的容器。「灑在內」指將鴨蛋去殼後散放到湯鑼裏。此時已蒸出了鮮湯，再用該湯蒸熟鴨蛋，味亦鮮。同時還能使一菜雙味，增加了菜肴的美感。「杏膩」係古時用的一種調味品，色如杏花（淺粉紅色），故名「杏花鵝」。現在買不到杏膩了，可考慮用紅米代替。

十三、蒸鵝卵

友人殷蓼齋向曹寅饋贈過鵝蛋，寅在稱讚鵝蛋的謝辭中自注曰：「明陽羨相月蒸鵝卵三十，月尾益蒸如數，日進一卵，力勝鐘乳。」（《詩鈔》卷八）意為：明朝的時候，有個陽羨（今江蘇省宜興市）的官員每天吃一個蒸鵝蛋，所以很有力氣，就像是石灰岩洞裏的「石鐘乳」一般，能力頂千鈞。

鵝蛋是否真有這樣大的作用？不得而知。《隨息居飲食譜》卻說如多吃會「滯氣」；又有人稱「多食發痼疾」，可使舊病復發。兩種觀點截然相反，我考慮可能有兩個原因：

(1)持反對意見的人都說是「多吃會……」那麼如果少吃呢？看來少吃應該是有益的。那位陽羨大力士也只「日進一卵」，大概就是這個道理。

(2)年青力壯的人消化力強，吃了能健身長力；體質虛弱的人「弱不禁補」，食之難化，會導致胸悶氣滯、舊病復發。

十四、烤羊肉

按照舊風俗，每年的臘月二十三日（南方是二十四日），各家都要擺設香案祭「灶君」，就是送那個所謂的「灶王爺」上天向「玉皇大帝」彙報工作。灶君在仙界的職位雖不重要，但其看問題有很大的片面性，專愛「白人罪」，即向玉皇大帝述說各家的醜聞。萬一激怒了大帝，是要降災於人的，因此在灶君臨走之前得請他吃一頓好飯，並要十分虔誠地祈禱，諸如「上天言好事，下地報平安」之類的話語須連說好幾遍。

曹家處在那個封建迷信盛行的環境中，自然也要隨風就俗，不敢馬虎，祭灶時還擺上了羊、棗等等供品。祭禮結束要吃掉祭品，曹寅感嘆：「刲羊剝棗竟無文，祈福何勞祝少君？」（《詩鈔》卷二）「少君」即灶君，民間傳說他是古代帝王顓頊的兒子。從曹寅的詩文看他是根本不相信有什麼「灶王爺」的，但是羊肉還是要吃的，吃飯後就去書房作詩著文了。

「刲羊」就是用刀子割羊肉吃，說明他是吃的烤羊肉。滿族人愛狩獵，一向喜歡吃烤肉。

祭灶吃羊之俗始於西漢。據《後漢書》三十二卷記載：在宣帝執政期間（西元前七十三年～前四十九年），有個叫陰子方的人，向灶君獻過一隻黃羊，灶君很滿意，便降福於他，不久即成為暴發戶，田有七百餘頃，車馬、僕役比與邦君（地方大吏）。

上述種種傳聞和記載當然是無稽之談，實在滑稽可笑。但因宣帝的祖父一輩就開始迷戀鬼神，信奉「仙方」，妄圖借神仙之力使劉家的江山能世代相傳，所以漢朝人編造的神怪故事特別多。

《調鼎集》中記有清朝人烤羊肉的兩種方法：一曰「炙羊肉片」，生羊肉切片，炭火上用鐵網炙。不時蘸鹽水、醬油，俟反正俱熟，乘熱用。二曰「火燒羊肉」，帶骨一塊，向炭火上燒炙焦，用鹽水、醬油反正炙熟。油而不膩，且脆。

說明：「炭火」指優質木炭火，不可用煤炭火。煤炭毒性大，不能直接烤食物。「帶骨一塊」即大塊羊肉帶著骨頭一起烤，烤熟後持刀割著吃。

上述是清朝的食法，今天若吃烤羊肉似應酌加黃酒、蔥末、辣椒粉之類的調味品，以便減少腥膻之氣。

十五、薺菜

從前文可以看出，曹寅吃的名貴菜看是很多的。不過那大多是在官場應酬時的食品，是出於禮儀上的需要（祭神和宴客均以肉食為貴），卻不符合我國的飲食理論。早在西元前六百多年，有人就指出「肉食者鄙，未能遠謀」（《左傳》莊公十年），就是過量吃肉會使人愚拙鄙陋。清朝初期的戲劇理論家李漁對此做過明確的解釋：「肉食者鄙，非鄙其食肉，鄙其不善謀也。食肉之人之不善謀者，以肥膩之精液結而為脂，蔽障胸臆，猶之茅塞其心，使之不復有竅也。」（《閒情偶寄．飲饌部》）意即天天吃肉，油膩的脂肪會堵塞人的心胸，該人就呆板遲鈍，不能多謀善斷了。曹寅也深知這些道理，曾寫過「膏肥多殺身」的句子（《詩鈔》卷七），所以他平時在家閒居的時候常吃素菜野菜，薺菜就是其中之一，並寫過兩首食薺詩為於記（《詩鈔》卷四）。

「薺菜」原是一種野生植物，形似初生的小菠菜，葉片羽狀，邊有缺齒。山坡、窪地或路邊、田埂處，皆能茁壯成長。殘雪未盡時它已開始萌芽，比一般雜草出土要早，加之清香可口，又能明日養胃，解熱利尿，所以我國人民自古就愛吃它。現已有人工栽培，惜其風味不及野生者佳。江南通常的吃法是：

(1)洗淨切碎，配豬肉做餡，包餛飩、水餃等等。

(2)薺菜炒肉絲。將肉絲與適量鹽、酒、濕澱粉拌勻上漿，入熱油鍋中划熟，出鍋瀝油。再用油、鹽及少許湯水單炒薺菜，炒好後和入肉絲。

(3)與春筍絲合炒。

(4)將薺菜洗淨焯水，與豆腐乾絲或者粉皮絲一起拌涼菜。

(5)配肉絲、豆腐做羹。

(6)燒雞蛋湯。

十六、豆莢

有一年入秋以後仍暑熱難忍，曹寅在家脫去官服，袒胸露肚，避不會客。事後賦詩曰：「青溪野客半扶筇，豆莢瓜腴興略同。絕口不談門外事，舉杯唯愛柳邊風」（《詩鈔》卷七）。「筇」為竹子的一個品種，竹有涼意。途中的「野客」受熱氣薰蒸，都不敢走路了，躲在小溪旁扶竹取涼，天熱之甚可想而知。

「豆莢」即帶皮的青豆或黃豆的鮮豆角，上有茸毛，南方人統稱之為「毛豆」。洗淨後用剪刀修去兩尖，入鹽水鍋中煮熟，既可佐酒又能下飯，是秋天的一道鄉村風味佳肴。在大熱天吃豆莢，比吃那些油膩膩的肉類更勝一籌，歷來受到南方人的喜愛。食用期可持續三個多月，中秋節前後更是吃毛豆的高峰。

倘與筍汁、蘑菇汁、五香料一起煮，那就更好了。

十七、筍

筍，是我國南方佳蔬，早在周朝就被視為素食中的上品。如《詩經》曰：「其蔌維何？維筍及蒲。」「蒲」是北方沼澤地中的一種植物，根莖鮮嫩，堪與竹筍媲美。

我國古代的文化人士大多都很注重「養生之道」，不敢一味地追求雞鴨魚肉等等油膩肥厚的食品，吃飯時常常是葷素搭配，而筍便成了首選之物。蘇東坡曾說過：「寧可食無肉，不可居無竹。無肉令人瘦，無竹令人俗。」清初文人李漁更是把筍提到了最高地位，他說：「此蔬食中第一品也，肥羊嫩豕，何足比肩？但將筍肉齊烹，合盛一簋，人止食筍而遺肉，則肉為魚，而筍為熊掌可知矣。」因孟子說過熊掌比魚高貴的話（見《孟子．告子上》），李漁就把筍與熊掌相比擬。

曹寅繼承了古代文人的遺風，簡直達到了「嗜筍成癖」的程度：一是「官舍筍成林」（《詩鈔》卷七），在「織造署」中種有大量的竹子。二是「小睡依籃筍」（《詩鈔》卷六），平時打瞌睡偎依著筍籃子。三是還要自己挖野筍。有次曹寅寫詩邀請表兄顧培山去遊太湖，曰：「盥漱名泉伐毛髓，放眼憑凌太湖美，君如不遊他日悔。」（《詩鈔》卷四）「盥漱名泉」就是到有名的泉水處去漱口、洗臉、洗腳，有時還要洗自己喜愛的帽子等等小物品。這也是古代文人的風雅之事，歐陽修就喜在安徽滁縣的醉翁亭旁洗漱，蘇東坡則常去杭州郊外的溪邊洗漱。「伐毛髓」指砍伐毛竹之嫩筍。自己動手砍筍，攜回來自吃，別有一番滋味。

蘇東坡和李漁等人都提倡「肉煨筍」，現在我們也選擇二款以肉與筍合烹的製作方法：

其一，取半肥半瘦的豬肉一塊，洗淨焯水，撈出來再刮洗一遍，切成約三釐米見方的塊，配各種作料燉紅燒肉，並加進筍塊同煨，至肉爛為度。肉與筍之比以對半為宜。出鍋時盛筍遺肉，肉另盛，給消化力強而又願吃肉的人吃。經如此烹調使筍得肉味，若錦上添花，更為鮮美。

其二，江南有一道傳統風味食品，是將鮮豬肉、鹹豬肉和嫩竹筍洗淨切塊，一鍋煮，不再另加別的調味品，煮出來的肉、筍、湯都是很好吃的，取名叫「醃篤鮮」，意為此菜篤定鮮。因好的鹹肉已類似火腿，利用它們本身所具有的鮮味互相滲透，互相影響，故而能出鮮。但肉和筍都要多，適合人口較多的大家庭製作。

生竹筍稍有澀味，做菜前如用淡鹽水焯，可去掉澀味，更好吃些。

十八、筍豆

友人殷蓼齋給曹寅送來過「筍豆」，他很高興，立刻賦詩以記（《詩鈔》卷八）。

如前所說，寅既愛筍又喜豆，所以收到筍豆正中下懷。

曹寅的老友朱彝尊記有筍豆的具體做法：「鮮筍切細條，同大青豆加鹽水煮熟。取出，曬乾。天陰炭火烘。再用嫩筍皮煮湯，略加鹽，濾淨，將豆浸一宿，再曬。日曬夜浸多次，多收筍味為佳。」（見《食憲鴻秘》）

說明：「嫩筍皮」是加工竹筍時剝下來的靠裏邊的筍殼，有時就當廢物丟掉了。但其性與筍同，棄之可惜，用來煮湯很合適。

《調鼎集》卷七中亦有類似的記載。

十九、諸葛菜

諸葛菜即蔓菁，又名蕪菁。形似青皮圓蘿蔔，有的微辣，有的稍甜，故北方人俗稱辣菜疙瘩，南方人則叫作大頭菜、大頭芥。因其屬十字花科植物，也有人謂之十字芥。

蔓菁對氣候和水土的適應性很強，地跨歐、亞兩大洲，許多國家都有栽培。我國種植和食用蔓菁的歷史至少已有二千五百年，古時名之曰「葑」，《詩經》中就已提到過它，「採葑採菲，無以下體。」

《隨息居飲食譜》對蔓菁的評價是：「醃食鹹甘，下氣開胃，析酲消食。葷素皆宜，肥嫩者勝，諸病無忌。其子入藥，明目養肝。」所謂「葷素皆宜」包含著好多意思：可蒸、可煮、可炒、可醃、可粥、可飯、可配肉、可素食，連葉子都可當菜吃，而且還是高產作物。

設逢荒年，還可代糧。據《後漢書．桓帝紀》稱：西元一五四年，我國發生過一次嚴重的蝗蟲災害，許多地方夏糧無收，皇帝劉志下詔書「令所傷郡國種蕪菁，以助人食」，解決了很大問題。這些優點早被西蜀丞相諸葛亮看中，便在行軍之處令軍士廣為種植，以作軍食。因此在川、滇地區又有人名之曰「諸葛菜」。

此菜在華東各省也普遍流行，所以曹寅經常食用。其弟子猷（即曹宣）知道他的愛好，有次特地摘取了一些慰勞曹寅，寅賦詩讚道：「情親小摘慰年華。」（《詩別集》卷二）喜悅之情，溢於言表。

此菜的食用方法與蘿蔔相仿。

二十、齏菜

曹寅詩曰「記辦萍齏到歲除」（《詩鈔》卷三），又曰「香流陷齒齏」（《詩鈔》卷七）。這些詩句都證明他家製作的齏菜是很多的，也是很可口的。

何者謂「齏」（讀音「基」）？這是個古字，辭書上的解釋是：「調味用的薑、蒜或韭菜碎末兒」（《現代漢語詞典》）；「用來調味的細碎菜末，如薑、蒜等」（《四角號碼新詞典》）；「切碎的薑、蔥、蒜等」（《古漢語常用字字典》）。

這幾種解釋都只說對了問題的一半，遠不是它的全貌、切碎的蔥、薑、蒜、韭等等調味品確實是「齏」的一個組成部分，但絕不限於這些。它是一個領域廣泛的大家族，宋朝人寫的反映北宋時期民風民俗的《東京夢華錄》卷四中說：「菜蔬精細，謂之『造齏』。」事實確是這樣，單是陸游的詩中記載過的品種就有：「金齏」，即搗碎的橙子，呈金黃色，是吃「鱸魚膾」的調料；「筍齏」，用清水煮過的鮮筍，切碎拌醃當小菜吃；「苣齏」，切碎的醃萵苣，曾用之佐粥；「鹹齏」，即鹹菜。

此類食物在清朝也很普遍。《食憲鴻秘》中就記有一款「菜齏」的詳細做法：「大芥菜洗淨，將菜頭十字劈裂。萊菔取緊小者，切作兩半。俱曬去水腳，薄切小方寸片，入淨罐，加椒末、茴香，入鹽、酒、醋。擎罐搖播數十次，密蓋罐口，置灶上溫處，仍日搖播一晌。三日後可供，青白間錯，鮮潔可愛。」這是混合醃製的蘿蔔和大頭菜，《養小錄》也照抄過此菜。

以上事例說明曹寅吃的「齏菜」實際上就是醃製的切得比較細碎的家常小菜。所謂「萍齏」是指主料為水生植物，如蒓菜、荇菜之類。《紅樓夢》七十五回中給賈母吃的那個「椒油蒓齏醬」即此之謂也。

椒油是江南民間的一種調味品，《食憲鴻秘》中記之甚詳：「麻油加花椒，熬一二滾，收貯。用時取一碗，入醬油、醋、白糖少許，調和得宜。凡諸菜宜油拌者入少許，絕妙。」

蒓菜是江浙一帶淡水中的一種多年生草本植物，葉子橢圓形，浮在水面，莖上和葉的背面有黏液。嫩莖嫩葉皆可吃，入口滑爽，味甚美，早就蜚聲中外。如古代的魯國一度很強盛，曾麾軍南下，很快打過了淮河，於是便「薄採其茆」，歡慶勝利（見《詩經・泮水》）。「茆」即蒓菜。現在浙江產的蒓菜還用玻璃瓶裝起來運銷國內外，大大擴大了食用範圍。

蒓菜的最佳食用方式是汆湯或做羹，「鱸魚蒓羹」的美名已流傳了一千多年，唐宋詩詞中更是多有讚嘆。曹雪芹對此應該是知道的，那麼他為何卻要讓賈母吃「椒油蒓齏醬」呢？這與季節有關。因為只有春末夏初的鮮嫩莖葉才最好吃，待到秋天就老了，若再用其做羹固然也可以，不過已降低了原有的風采，所以陸游說「老卻蒓絲最惱人」。但如將其精心處理後切碎製作齏菜，仍不失為上品，故而賈府就在秋天用它做了「椒油蒓齏醬」。

具體方法是：挑選較嫩一些的蒓菜洗淨，入沸水鍋中焯水，撈入冷水盆中漂洗，包布擠乾水，切碎，酌加適量蔥薑末，澆入上述之油、醬、醋、糖，拌勻就行了。

這是民間的一個通用方，荇菜、薺菜、馬蘭頭等野生蔬菜皆可比照此方辦理。當然也是以春天的嫩菜為佳。

附錄

紅樓宴菜單（甲級）

冷盤：糟鵪鶉（五十回）　鹿肉叉燒（四十九回）　胭脂鵝脯（六十二回）　風醃果子狸（七十五回）

熱菜：鴿子蛋（四十回）　炸鵪鶉（四十六回）　燉野雞（二十回）　火腿燉肘子（十六回）　清蒸鴨子（六十二回）　雞髓筍（七十五回）

點心：螃蟹小餃兒（四十一回）　松穰鵝油捲（四十一回）

湯：火腿鮮筍湯（五十八回）　蝦丸雞皮湯（六十二回）

酒：好紹興酒（六十三回）　惠泉酒（十六回、六十二回）　西洋葡萄酒（六十回）　桂花酒（七十八回）

茶：老君眉（四十一回）　香茶（二十二回，可選茉莉花茶）　進上的新茶（七十二回，用碧螺春或陽羨茶）

水果：
夏季：西瓜、鮮藕、荔枝、葡萄（二十六回、三十六回、三十七回、六十七回）
秋季：梨、石榴、紅菱、雞頭（七回、二十七回、二十八回、三十七回）

冬春：朱橘、黃橙、橄欖、檳榔（五十回、六十四回）

紅樓宴菜單（乙級）

冷盤：羊肉叉燒（七十五回）　糟鵝掌鴨信（八回）　胭脂鵝脯（六十二回）　拌涼酸素菜（六十回）

熱菜：火腿燉肘子（十六回）　酒釀清蒸鴨子（六十二回）　燉野雞（二十回）　油炸焦骨頭（八十回）　紅燒肉（七十五回）　雞髓筍（七十五回）

點心：雞油捲兒（三十九回）　豆腐皮的包子（八回）

湯：蒸雞蛋羹（六十一回）　火肉白菜湯（八十七回）　酒、茶、應時果品，參照甲級菜單。

注：（一）如遇某種餐料缺乏，甲級可與乙級菜單互相串換。

（二）室內裝飾盡量按《紅樓夢》中的陳設安排。

（三）碗盤等最好用江西景德鎮產黃色的萬壽無疆餐具。

《紅樓夢》學術會議食單

日期	早餐	晚餐	酒	茶	茶果	下午會議間休時加送飲料湯
第一天	鴨子肉粥（五十四回） 雞油捲兒（三十九回）	糟鵝掌鴨信（八十回） 酸筍雞皮湯（八回）	好紹興酒（六十三回）	六安茶（四十一回）	金陵瓜子	桂圓湯（六回）
第二天	紅稻米粥（七十五回） 松穰鵝油捲（四十一回）	火腿燉肘子（十六回） 野雞湯（四十三回）	惠泉酒（十六回）	老君眉（四十一回）	蘇州瓜子	建蓮紅棗湯（五十二回）
第三天	碧粳粥（八回） 螃蟹小餃兒（四十一回）	胭脂鵝脯（六十二回） 火腿鮮筍湯（五十八回）	西洋葡萄酒（六十回）	香茶（二十二回，宜用茉莉花茶）	揚州瓜子	陳皮梨湯（八十回）
第四天	棗兒粳米粥（五十四回） 豆腐皮的包子（八回）	酒釀清蒸鴨子（六十二回） 蒸雞蛋羹（六十一回）	桂花酒（七十八回）	進上的新茶（七十二回，可選常州陽羨茶）	京都瓜子	玫瑰清露（三十四回）
第五天	麵茶（七十七回） 如意糕（五十三回）	雞髓筍（七十五回） 蝦丸雞皮湯（六十二回）	蜜水似兒的黃酒（四十一回）	進上的新茶（七十二回，還用蘇州碧螺春）	松子	杏仁茶（五十四回）
第六天	臘八粥（十九回） 壽桃（六十二回）	烤羊肉（七十五回） 火肉白菜湯（八十七回）	合歡花浸的燒酒（三十八回）	普洱茶（六十三回）	榛子	牛奶茯苓霜（六十回）
第七天	奶子糖粳米粥（十四回） 壽麵（六十二回）	紅燒肉（七十五回） 酸筍雞皮湯（八回）	果子酒（九十三回）	龍井茶（八十二回）	葵花子	茶麵子（七十五回）

注：（一）為使參加會議的中外專家學者從飲食上感受到《紅樓夢》之情趣，試擬本食單。
（二）考慮到食單的通用性，鹿肉、鵪鶉、燕窩、鴿子蛋、果子狸等等稀有珍貴食品未列在內，有必要和可能時可另行補充。
（三）清朝食規為一日兩次正餐，賈府也是每天只吃兩頓飯，故本食單亦不安排中飯。

紅樓專題宴的設想

所謂「專題」是指以某項專門食品為主的宴席。如：

1.螃蟹宴（三十七～三十九回）。以籠蒸清水大螃蟹為主，外配四只其他紅樓菜肴相輔，先酒後飯。

2.糟鵪鶉宴（五十回）。以糟鵪鶉為主，外加四只其他紅樓菜設宴。

3.烤羊肉宴（七十五回）。烤全羊，也可切片烤成羊肉串，作料要多設一些品種，任人選擇。

4.冷盤宴（即寶玉壽宴，六十三回）。用南北、水陸、乾鮮餐料準備四十個小碟子，先酒後飯，飯吃壽桃、壽麵。

5.素齋宴。王夫人經常說：「我今兒吃齋。」寶玉在水仙庵吃了素齋（四十三回），又在天齊廟吃過素齋（八十回）。賈政、賈珍、王熙鳳也都吃過齋飯，賈府還給兩個尼姑擺了一桌素齋（七十一回）。因此研製一席齋飯是有必要的。賈府做齋飯的原料主要是豆腐、麵筋、豆腐皮、紅棗等。

6.貴妃宴。貴妃賈元春歸省時曾賜宴酬勞大觀園裏的管事人員（十八回）。賈母進宮去請安、朝賀、參加憑弔活動時經常是「領宴而歸」。元妃染疾，賈母攜女眷們去探望，貴妃又親自命外宮賜宴（八十三回）。所以可比照宮廷菜譜配製一席貴妃宴。

另外還有鹿肉宴（四十九回），也是人們喜愛的，但因鹿是應受保護的動物，不宜經常開宴。

家庭可自製的紅樓食品

家庭中自製的紅樓食品要以市場上通常能買到的原料為前提。可供選擇的品種大致有：

一、糕點方面

豆腐皮的包子（八回）　棗泥山藥糕（十一回）
雞油捲兒（三十九回）　松穰鵝油捲（四十一回）
鴨子肉粥（五十四回）　棗兒粳米粥（五十四回）
茶麵子（七十五回）　麵茶（七十七回）
江米粥（八十七回）

二、菜肴方面

糟鵝掌鴨信（八回）　火腿燉肘子（十六回）

涼拌酸酸的素菜（六十回）　酒釀清蒸鴨子（六十二回）
胭脂鵝脯（六十二回）　烤羊肉（七十五回）　油炸焦骨頭（八十回）

三、湯類

火腿鮮筍湯（五十八回）　蒸雞蛋羹（六十一回）
蝦丸雞皮湯（六十二回）　火肉白菜湯（八十七回）

跋

《紅樓夢》中寫了許多美味食品，這究竟是當時社會的真實寫照呢，還是作者杜撰？書中安排那麼多飲食的用意何在？現在能不能恢復它們的基本面貌，以豐富人們的物質文化生活……這一系列的問題是不少讀者關心的，也是我感興趣的。本人是個業餘的紅學愛好者，以前做過飲食方面的管理工作，所以對各類紅樓食品及其食具、食風進行了一番考證和探索，並在《中國烹飪》、《烹調知識》等四家雜誌上刊出過一些研究文章，引起了人們的關注。現應讀者要求，彙集成冊。這些粗陋的認識是否符合實際，是否真有道理？尚有待於諸位先輩師長及廣大讀者指正。

在探討過程中考慮到應力求接近於歷史的真實性，曾參閱過曹家檔案史料、曹寅的詩文集及清朝早中期的具有權威性的食譜、食單。但這些都是歷史陳跡，隨著社會的進步有些內容已經落後了。因此在運用這些史料時應在保持其古代風貌的前提下注入新的製作方法，才能跟上時代之需要。

除了研究食品的製作方法外，再考察一下它們的歷史地位及在書中的作用是十分必要的，我也為此做了些努力。

為了使沒有讀過《紅樓夢》的人也能對每道食品的事理原委有個大體的了解，在許多方面不得不作些詳細的說明。引用原著的文字以「脂評庚辰本」為主，「程乙本」為輔。

請多多指教，以利修訂。

秦一民

一九八七年八月一日寫於上海

唐魯孫先生作品介紹

(1)老古董

本書專講掌故逸聞，作者對滿族清宮大內的事物如數家珍、而大半是親身經歷，所以把來龍去脈說得詳詳細細、本書有歷史、古物、民俗、掌故、趣味等多方面的價值，更引起中老年人的無窮回憶，增進青年人的知識。

定價200元

(2)酸甜苦辣鹹

民以食為天，吃是文化、是學問也是藝術，本書作者是滿州世家，精於引饌，自號饞人，是有名的美食家。又作者足跡遊遍大江南北、對南北口味烹調、有極細緻的描寫、有極在行的評議。本書看得你流口水，愈看愈想看，是美食家、烹飪家、主婦、專家學生及大眾最好的讀物。

定價220元

(3)大雜燴

作者出身清皇族，是珍妃的姪孫，是旗人中的奇人，自小遊遍天下，看的多吃的多，所寫有關掌故，飲饌都是親身經歷，「景」「味」逼真，本書集掌故、飲饌於一書「大雜燴」。

定價200元

(4)南北看

作者出身名門，平生閱歷之豐，見聞之廣，海內少有。本書自劊子手看到小鳳仙，自衙門裏的老夫子看到盧燕，大江南北，古今文物，多少好男兒，奇女子，異人異事……一一呈現眼前，是一部中國近代史的通俗演義。

定價200元

(5)中國吃

本書寫的是中國人的吃，以及吃裏的深厚文化，書中除了談吃以外並談酒與酒文化、談喝茶、談香煙與抽煙，文中一段與幽默大師林語堂先生一夕談煙，精彩絕倫不容錯過。

定價200元

(6)什錦拼盤

本書內容包羅萬象，除談吃以外，從尚方寶劍談到王命旗牌，談名片、談風箏、談黃曆、談人蔘、談滿漢全席……文中作者並對數度造訪的泰京「曼谷」不管是食、衣、住、行各方面均有詳細的描述。

定價200元

(7)說東道西

本書共分四輯：

一、美味珍饈：舉凡餛飩、北平的燒餅油條、山西麵食、嶺南粥品、山東半島的海鮮等……

二、故人軼事：談華園澡堂子、西來順褚祥、還珠樓主、談電影、談阮玲玉的一生、張織雲的遭遇……

三、風俗掌故：談磕頭請安、藍印泥、玩票、走票、龍票、談酷刑、酒話之中蘊含人生大道……

四、說東到西：談中國民間故事、從藏冰到雕冰、閒話沙魚、話說當年談照相、髮型雜感……

定價220元

(8)天下味

本書共分三輯

輯一北方味：蒐羅了作者對故都北平的懷念之作，除了清宮建築，宮廷生活、宮廷飲食介紹外，對平民生活的詳盡描述，也引人入勝。

輯二山珍海味：收錄作者對蛇、火腿、肴肉等山珍，以及蟹類、台灣海鮮等海味的介紹，除了令人垂涎的美味，還有豐富的常識與掌故。

輯三煙酒味：作者暢談煙酒的歷史與品味方法，充分展現其博學多聞的風範。此外令收〈香水瑣聞〉與〈印泥〉兩文，也是增廣見聞的好文章。

定價220元

(9)老鄉親

唐魯孫先生的幽默，常在文中表露無遺，本書中也隱約可見其對一朝代沒落所發抒舊情舊景的感懷，無論是談吃、談古、談閒情皆如此，但其憂心固有文化的消失殆盡。在在流露出中國文人的胸襟氣度。

定價200元

(10)故園情《上》

凡喜念舊者都是生活細膩的觀察者，才能對往事如數家珍。故園情上冊有唐魯孫先生的記趣與評論，舉凡社會的怪現象、名人軼事　對藝術的關懷，或是說一段觀氣見鬼的驚奇，皆能鞭辟入裏栩栩如生。

定價180元

(11)故園情《下》

喜歡吃的人很多，但能寫得有色有香有味的實在不多，尤其還能寫出典故來，更是難能可貴。唐魯孫先生寫的吃食卻能夠獨出一格，不僅鮮活了饕餮模樣，更把師傅秘而不傳的手藝公諸同好與大家分享。

定價180元

(12)唐魯孫談吃

美食專家唐魯孫先生，不但嗜吃會吃也能吃，無論是大餐廳的華筵餕餘，或是夜市路邊攤的小吃，他都能品其精華食其精髓。本書所撰除了大陸各省佳肴，更有台灣本土的美味，讓人看了垂涎欲滴。

定價180元

紅樓夢飲食譜／秦一民著. -- 二版. -- 臺北市：大地, 2008.01
面： 公分. --（大地叢書；20）

ISBN 978-986-7480-85-9（平裝）

1. 紅樓夢 2. 研究考訂 3. 食譜

857.49 96025336

紅樓夢飲食譜

大地叢書 020

作　　者｜秦一民
創 辦 人｜姚宜瑛
發 行 人｜吳錫清
主　　編｜陳玟玟
出 版 者｜大地出版社
社　　址｜114台北市內湖區瑞光路358巷38弄36號4樓之2
劃撥帳號｜50031946（戶名　大地出版社有限公司）
電　　話｜02-26277749
傳　　真｜02-26270895
E-mail｜vastplai@ms45.hinet.net
網　　址｜www.vasplain.com.tw
美術設計｜普林特斯資訊股份有限公司
印 刷 者｜普林特斯資訊股份有限公司
一版一刷｜2008年01月

大地

定　　價：250元